JN219338

登場人物紹介

ステラ・リンドグレン
「もう！ そんなに心配しなくても大丈夫ですよリヒターさん。私はシンよりもお姉さんですし」
山奥から都会に出てきた少女。負けず嫌いで、おしとやかさとは縁遠いタイプ。

リヒター・ユークレース
「ステラのその謎の自信、逆に不安をあおるんだよねえ」
シルバーの父親。いつも笑顔だが裏がありそうと言われる。今回はアントレル行き御一行の保護者。

シルバー・ユークレース
「私はステラから四十センチ以上離れたら死ぬから」
リヒターの息子。諸々の都合で少女として暮らしていた。多少マシにはなったが、よく精霊を暴走させる。

アグレル・クリノクロア
「……意味はわからないが、侮辱と受け取っておく」

ステラのいとこ。失踪したステラの父親を探している。目つきが悪いのでよく怒っていると勘違いされる。

ステラ・リンドグレン

「もう！　そんなに心配しなくても大丈夫ですよ
リヒターさん。私はシンよりもお姉さんですし」

山奥から都会に出てきた少女。負けず嫌いで、おしとやかさとは縁遠いタイプ。

リヒター・ユークレース

「ステラのその謎の自信、
　逆に不安をあおるんだよねえ」

シルバーの父親。いつも笑顔だが裏がありそうと言われる。今回はアントレル行き御一行の保護者。

シルバー・ユークレース

「私はステラから
四十センチ以上離れたら死ぬから」

リヒターの息子。諸々の都合で少女として暮らしていた。多少マシにはなったが、よく精霊を暴走させる。

アグレル・クリノクロア

「……意味はわからないが、
侮辱と受け取っておく」

ステラのいとこ。失踪したステラの父親を探している。目つきが悪いのでよく怒っていると勘違いされる。

ステラは精霊術が使えない②

煌めく硝子と記憶の旅路

柚　著

イラスト　もんチャ

序章

この国には（もしかしたら世界中なのかもしれないが、ステラはそのあたりの事情を詳しく知らない）、古くから続く特殊な能力を持った家系がいくつかある。

優れた能力を持つそれらの家系は『旧家《きゅうか》』とも呼ばれ、おのおのが国政にすら影響力を持っている。

その中でももっとも有名なのはユークレース家で、『精霊に祝福され、加護を受けている』彼らは強力な精霊術を操ることができるため、国防はもちろん、国内のインフラにも大きく関わっている。

山奥で暮らしていたステラは『旧家』という言葉自体を知らなかったが、それでもユークレースの名はなんとなく聞いたことがある……という程度に、常識の一部となっているのだ。


そんな『旧家』とは一切関わることなく、山の中でのほほんと生きてきたステラ・リンドグレンが、実は旧家の一つであるクリノクロア家の血を引いていることが明らかになったのはつい先日（ステラの感覚ではつい数日前だが、実際は一年近く経っている……という事実は置いておいて）のこと。

現在、絶賛失踪中のステラの父、レビン・リンドグレンが、実はクリノクロア家の当主の息子だった……という事実が判明したのだ。

一族の中でも変わり者だったという彼は、一族の方針に反発して家出。そしてあちこちをさすらった末に、アントレルでステラの母と結ばれ、そのままそこに住みついた。

その後、今からさかのぼること十年前、突然失踪。

——家出、放浪、そして失踪……という事実だけを並べると、単に責任感がなく、代わりに放浪癖のある困った男としか思えない。実際、ステラはこれまでずっとそう思っていた。

（それを言ったら、アグレルさんにグチグチ言われたけど）

アグレルというのは、レビンの甥だ。フルネームはアグレル・クリノクロア。ついでに言うと、ステラ的には面白くないが、ステラの従兄弟でもある。

彼は、レビンが自分の意思でアントレルから出ていったのではなく、クリノクロア一族に伝わる呪いの影響を受けてアントレルを囲む森の奥深くまで入り込み、そして十年経った今もなお、森の中に囚われ続けているのではないか、というのだ。

一族に伝わる呪い——。

『旧家』には世間にほとんど知られていない、もう一つの特徴があった。

それが、呪い。


実際には呪いというよりも、特殊体質や特性と言ったほうがいいのかもしれない。

たとえばユークレースならば、『精霊からの祝福と加護』と引き換えに、『生涯でたった一人の相手しか愛せない』というやっかいな特性を抱えている。

ユークレースでは代々、そのせいで引き起こされた愛憎入り交じるお家騒動が数知れず。……どこからどう見ても優秀で立派な現在の当主すらも、過去にそういった問題を引き起こしているというのだから、本当にやっかいと言う他ない。

こういった、他よりも優れた能力とバランスを取るかのようにセットでくっついてくる『困った体質や特性』のことを、旧家を含む一部の人々は自嘲と揶揄《やゆ》を込めて『呪い』と呼んでいる。──らしい。

さて、問題のクリノクロア家の能力は、呪術に利用されて自由を失った精霊を、分解・再生するという方法で解放できるというもの。

──そして『呪い』は、その分解・再生に必要となった魔力の分だけ、術者の生きる時間を奪われるというものである。

この、生きる時間を奪われる、というのは比喩でもなんでもない。本当に、理不尽なくらい強制的に奪われてしまうのだ。

実際にステラは、ユークレースのゴタゴタに巻き込まれて能力を使ったとき、その代償として約一年間、時間停止状態となった。

それは文字どおり、ステラの身体すべての時間が止まった状態で、心臓すらも動きを止め、髪や爪が伸びることもない。

しかしその間も周囲の時間はいつもどおりに進んでいく。その結果、ステラが再び動き出したとき、年下だったユークレース兄弟は成長してステラよりも背が高くなっており、しかも美少女だったシンシャは、すっかり美少年になっていた。

シンシャに関してさらに言えば、美少女のときはステラに対してツンツンしていたはずなのに、美少年になったらデレデレになっており──。

(それについては、今は考えないことに……!)

デレデレはともかく、クリノクロアの呪いの影響で時間が止まった術者は周囲の時間から切り離され、老いることがない。

余談だが、若い体のままなのだから永く生きられるのか──というとまったくそんなことはなく、本来の寿命を迎えるとぽっくり死んでしまう（らしい）。

どんなに若々しい体だとしても、生まれてから七十年くらいで死んでしまう。理不尽だ。

だがアグレルいわく、「理不尽だから呪いなんだろうが」だそうだ。


閑話休題。

つまり、ステラの父は大規模な精霊の解放を行い、それからずっと時間停止状態……という可能性があるのだ。もしくは――。


『本来、クリノクロアの能力の代償が発生するのは精霊の再生が終了したあと、つまり能力を使い終わったあとだ。ただし、例外的に能力を行使している途中から代償が発生する場合がある――術者の寿命よりも代償となる時間のほうが長い場合だ』

『寿命より長いって……その、場合、術者はどうなるんですか』

『寿命を迎えたらそのまま死ぬ』

『し……』

『その場合、術自体が非常にゆっくりと進む。術者が寿命を迎えるそのときまで分解と再生が続き、術者の死とともに終わる。術者の寿命で賄《まかな》いきれなかった分の精霊は、解放されないままさまようことになる』


先日聞かされたアグレルの言葉が、ステラに重くのしかかる。

この状態の術士を救う方法はただ一つ。術が終わる前――つまり術者が寿命を迎える前に、クリノクロアの誰かがその術に介入すること。

すべての精霊を再生させるのに必要な魔力を追加で供給してやるのだ。もし供給が足りなかったとしても、発生する代償は術に参加した術者の数だけ分散されるらしい。

つまり、ステラとアグレルが二人でレビンの術に介入し、魔力を供給してやれば、うまくいけば代償なしで術を完了させることができるし、足りなくても一人あたりの代償が三分の一で済む。

だから、ステラはアントレルに向かわなければならない。

そう決意してから、数日——。

第一章　工房

旅の同行者、兼、アントレルまでの道案内役であるリヒターが抱えていた仕事に目処《めど》がついたのは、アントレル行きが決まった日から五日後のことだった。

ステラはその間に、クリノクロアに伝わる秘術を利用して精霊から魔力を集め、通称虫かごと呼ばれている亜空間にため込む作業にいそしんでいた。

——といっても、精霊の愛し子と言っていいくらいに愛されまくっているシルバーが一言頼めば、喜び勇んだ精霊たちが我先にと魔力を差し出してくるため、まったく苦労することなく大量の魔力を確保することができたのだが。

ちなみに、シルバーだけでなく、同じユークレース一族のアルジェンとリシアにも協力してもらったが……結果は芳《かんば》しくなかった。

ある程度実力のある精霊術士が同じことをできるなら、これまで魔力集めに苦労していたクリノクロア家の人々も簡単に魔力を手に入れられるのではないかとステラは期待したのだが、現実はそう甘くなかった。

そんなステラと同じように、アグレルもがっかりしているかと思いきや——。

「そんなことになったら、今まで以上にユークレースが幅をきかせて、国内勢力が混乱するだろうが頭を使え」

——ユークレースの弱点として存在するクリノクロアが、他でもないそのユークレースから魔力をもらうなどということになったら……ユークレースは向かうところ敵なしである。

そうなったら王家もユークレースを看過することはできなくなってしまう。

ステラが思うよりもはるかに、『クリノクロアがユークレースの弱点である』というのは国内勢力の安定のために重要なことなのだ。

（言われてみればそのとおりだけど、だとしても言い方ってものがあるんじゃない？）

小さな言い争いを繰り返しつつも、ステラとアグレルは十分——と思われる——量の魔力を確保した状態で、出発の日を迎えることができたのだった。

＊＊＊

ガタゴト

「でねぇ、これから行くサニディンは町全体がユークレースのお客さんなんだけどさ、どうもそこの管理を任せてる連中が収益の一部を懐に入れてるらしいんだよね」

「はあ」

ガタゴト

「それだけでもアレなんだけど、そこに加えて、術士と工房の契約価格を年々引き上げてさらなる収益を上げてるらしくてね。だからちょっと懲《こ》らしめてこないといけないんだ」

馬車に揺られながらニコッと笑ったリヒターに、ステラはもう一度「はあ」とうなずいた。

――結局、リヒターの仕事は完全に終わったわけではなかった。

単純に仕事量が多いというのが一番の理由だが、積み上げられた仕事の中には、リヒターが直接出向かなければならない案件がいくつもあったのだ。

レグランドの近隣の仕事はサッと済ませたようだが、離れた場所はそうもいかない。

その、『離れた場所』の一つがサニディンだった。やや回り道になるものの、アントレルと方向が一緒だからちょうどいい、ということで、寄り道をして処理することになったのである。

そしてその道中。

アグレルはずっと知らんぷりで、シルバーはずっと馬車の外を眺めているので、リヒターに返事をするのはずっとステラ一人だ。

「町全体がお客さんって、たしかサニディンってガラス細工で有名ですよね。ガラス工房で精霊を使うんですか？」

ガラス細工といえば、ガラスを炉の火で熱して溶かし、形を変えていく工芸だ。どこで精霊術を使うのだろう、とステラは首をかしげた。

「使うんだよ。ガラス加工で使う炉の温度調節には火の精霊を使うし、できた製品を運ぶ船の動力は風と水の精霊を使っている」

「へえ……」

「火の精霊の火を使った炉は電気やガスを使うよりも細かい温度調節ができるし、風と水の精霊たちが手伝ってくれたら船を揺らさないように動かせるから、製品が輸送時に破損するのを防げる。だから、サニディンでは精霊術士が重宝されてるんだよ」

ステラが生まれたアントレルは土地に精霊が少なく、精霊術を使える者もほとんどいない。そのため考えたことすらなかったが、普通の都市、特にレグランドに近い場所では、生活の中に精霊術が深く関わっている。

ステラからしてみれば、そんなことまで精霊術で？と驚くこともかなりあったりする。

ステラは前に、アントレルに来た行商人から「精霊術が使えれば就職先には困らない」と聞いて、さすがにそれはオーバーだろうと思っていたのだが……それは紛れもなく真実だったのだ。

「ステラはサニディンのガラスを見たことがあるかな？」

「一度だけあります。きれいでした──幼なじみがそのガラスに感動して、職人になるって言って村を出ていったくらいですから。彼、今はサニディンにいるらしいです」

「アントレルから？　それはすごい情熱だね」

「サニディンに幼なじみがいるの？」

それまで興味なさそうに外を眺めていたシルバーが、ステラを見た。

『幼なじみが』と言っているが、明らかに『彼』という単語に反応したタイミングに、リヒターが笑いを噛み殺した顔をしている。

「うん。ふたつ年上でね、すごく器用な子だったの」

「ふーん、ステラとは違って？」

シルバーは微妙に機嫌の悪い顔でそう言いながら、もう興味はない、とばかりにドサッと背もたれに背を預けた。

「どうせ私は不器用ですよ……」

なぜ急にバカにされたんだろう……と釈然としないステラは口をとがらせた。

そんな子どもたちのやりとりにリヒターは笑いをこらえながら、窓の外を指さしてステラとシルバーに手招きをする。

「ほら、そろそろ町の入り口が見えてくるよ。門の上にランプがたくさんかかってて、きれいだろ？」

「本当だ、お祭りみたい！」

一瞬前までむくれていたことなどすっかり忘れ、ステラは弾んだ声を出した。

アントレルでは年に一度のお祭りでもここまで飾りたてないが、事前に聞いていた話によれば、これは祭りなどではなく、サニディンの日常の風景なのだという。

「町の中にもあちこちに置いてあるよ。で、もっと暗くなると精霊術で一斉に火が灯るんだ。その光景目当ての観光客も多いんだよ」

「へえええ……それ、見に行ってもいいですか？」

あんなにたくさんのランプに一斉に火が灯るなど信じられない。絶対にきれいに決まっている。

ぜひとも見に行きたいが……リヒターは仕事で来ているわけだし、その同行者であるステラが、のほほんと観光するのはまずい気がする。

おそるおそる顔色を窺《うかが》ったステラに、リヒターは微笑《ほほえ》んだ。

「いいよ、楽しんできなさい。ただしステラは必ずシンと一緒に行くこと。――精霊がいないのって、僕らユークレースの人間からしてみると、けっこう目につくんだよね。うちの一族のよからぬ連中に目をつけられかねないから」

よからぬ連中とは一体……とは思ったが、それよりも観光の許可が出たことのほうがステラには重要だった。

暗くなると火が灯る。しかもこの数が、一斉にだ。その瞬間はぜひ見ておきたい。

何時くらいになるのかを宿についたら確認しなければならない。時間がわかったらシルバーに――。

そこまで興奮気味に考え、ステラははたと気づいた。

「……そういえば、精霊がいないのはアグレルさんも同じですね。アグレルさんも一緒に」

「私は外に出ないから問題ない」

食い気味に否定されて、ステラはピタリと動きを止めた。

「え⁉アグレルさん、ランプに興味ないんですか⁉」

驚きのあまり大きな声を出したステラに、アグレルは顔を大きくしかめた。

「まったくない」

「そ……そんな人が世の中にいるなんて……」

感動して職人を目指すところまではいかずとも、そこまできっぱりと興味ないと言いきれる人がいるとは思わなかった。そこでステラはハッとする。

──むしろアグレルの反応のほうが普通で、実はシルバーも嫌がっているのでは。

「……あっ、シンは？もし行きたくないなら我慢しない……」

「行くよ。私も見てみたいし」

「本当？本当に？あとでやっぱり行きたくないとか言わない？」

じっと見つめるステラに、シルバーはうろたえた様子で視線をさまよわせる。

「言わないよ……なんでそんなに疑心暗鬼になってるの」

「だって……私だけ場違いに楽しんでるのかも、って思って」

「そんなことないよ」

「でもリヒターさんは仕事だし、そもそも見慣れてるだろうし……アグレルさんは機嫌悪いし、シンはずっと外見てるし」

言いながら、ステラはしょぼしょぼと落ち込んでいく。

そもそもこれは、ステラの父を探すために向かう道行なのだ。アグレルはともかく、リヒターとシルバーに関しては、巻き込んでしまったという引け目を感じている。

リヒターはニコニコと通常運転だからいいとして、気になっているのはシルバーの反応だ。

彼はレグランドを発ってから、ずっと外を眺めているばかりで、ほとんど言葉を発していなかった。

「……ふっ、ははは」

そこでついに、今まで笑いをこらえていたリヒターが吹き出し、手を伸ばしてステラの頭を撫《な》でた。

「たしかに仕事だけど、同行者が楽しそうにしてくれてるほうが僕も楽しいよ」

そしてシルバーのほうを向いて、もう片方の手で彼の頭を撫でる。

「それにシンがずっと外を見てるのは、外の風景が珍しいからだろ？」

「やめろ。……まあ、ほとんどレグランドから出たことないから」

シルバーはリヒターの手を即座に叩き落とし、ムスッとした顔でそう言った。

しかし、その言葉にステラはあれっ？ と引っかかりを覚える。

「シンってば、前に私のこと世間知らずって言ったくせに」

「え？ ……言ったっけ、そんなこと」

以前、花街《はなまち》の建物の特徴を知らなかったステラに対して、世間知らずと言い放ったのはシルバーだ。

ステラにとってはつい最近の話だが、シルバーにとっては一年前の話なので、完全に覚えていないらしい。ステラとしては覚えていないならそのほうがいい――リヒターが微妙に目を泳がせたので、彼は覚えていたようだが。

「まあまあ。一方のアグレルくんは乗り物酔いだよ。宿についたらすぐ休みたいだろうから、そりゃあ町の景色になんか興味ないだろうね」

「え、乗り物酔い？」

そう言われて改めてアグレルを見てみれば、たしかに顔色が悪い。

顔色の悪さと目つきの悪さが合わさったせいで機嫌が悪そうに――実際、機嫌も悪そうだが――見えたのだ。

「ごめんなさい、気づかなかった……水、飲みますか？」

「……ほっといてくれ」

アグレルは力なく手を振って、眉間にシワを寄せたまま目をつむった。ただし眉間のシワはいつものことなので、やはり機嫌が悪いのか、具合が悪くて辛いのかは、見た目ではよくわからなかった。

「……早く着くといいですね」

「……ああ」

素直に返ってきた返事に、これはだいぶキテるな……と、他三名は目を見合わせたのだった。

＊＊＊

一行が到着したのはユークレースが運営しているという宿で、白い壁の建物が多いサニディンの町並みの中では、うっかり見落としてしまいそうなくらいに質素な建物だった。

レグランドにある本家の建物があまりに豪奢《ごうしゃ》だったので、きっと宿も無駄にきらびやかなのだろう……と思っていたステラは肩透かしを食らったが、どうやらランプが点灯したときに明かりが映えるように、町のエリアごとに建物の外見を統一しているらしい。

ユークレースの宿も建物の見た目は質素だが、その代わりに眺望のよさを売りにしており、割り当てられた部屋の窓からは、白い町並みと大きな運河が一望できた。

「たしかにこれは、いい眺め」

窓にはめられたガラスは歪み一つなく完璧な透明で、閉じたままでも景色がよく見える。そして、開けてみれば爽やかな風が吹き込んでくる――。

レグランドも景色のよい港町だったが、サニディンはその比ではない。さすが、ガラスと観光に全力を注いでいる町である。

「さて、観光するぞー！」

二度と訪れる機会がないかもしれない町だ。リヒターの許可も出ているので、あますところなく楽しみたい。

まずはガラス工房を見て回ろう。可能性は低いが、もしかしたら幼なじみに会えるかもしれない。

そして、窓から見えた大きな運河も、近くで見てみたい。

レグランドの図書館で読んだサニディンの紀行本の内容を思い出し、頭の中で観光計画を練りながら大きな荷物をしまうと、身軽になったステラは鼻歌交じりに宿のロビーへと向かった。

「お、来たね」

ロビーにはすでにリヒターとシルバーが待っていて、ステラに気づいたリヒターが軽く手を振った。

ちなみに部屋は男女別で、アグレルは部屋に入るなり、会話もそこそこにベッドへと潜り込んでしまったらしい。

「じゃあ僕は精霊術士の協会に行ってくるけど……」

「いってらっしゃーい」

明るく送り出そうとするステラを見て、リヒターは不安そうに顔を曇らせた。

「いいかい？　珍しいものがたくさんあるからって夢中になって遅くまで出歩かないこと」

「はーい」

「露店につられて路地裏に入ったらだめだからね」

「もう！　そんなに心配しなくても大丈夫ですよリヒターさん。私はシンよりもお姉さんですし」

余裕たっぷりに任せておけと胸を張るステラとは対照的に、リヒターは眉を下げて大きくため息をついた。

「ステラのその謎の自信、逆に不安を煽《あお》るんだよねえ」

「なんですって」

リヒターは本気で心配している場合と、ふざけてからかっているだけの場合がある。ステラはまだ完全に見分けられるわけではないが、表情を見るに今回は心配七、からかい三といったところだろう。

その割合がどうであれ、もう少しステラのことを信頼してほしいものである。

ステラはむっと頬を膨らませてリヒターに詰め寄ろうとした――のだが。

「わ!?」

後ろにいたシルバーが急にステラの腕をつかんで、自分のほうに引き寄せた。

突然のことに驚いたステラはそのままぽすんとシルバーの胸に背を預ける格好になる。単によろけて倒れただけなのだが、端から見ればまるで後ろから抱きしめられるような体勢になっているではないか。

「ちょっ、シン！」

ステラは慌てて横に飛び退いてシルバーから離れると、彼の顔を見上げた。

「び、びっくりした。急に引っ張らないでよ……」

見上げたシルバーは非常に不満げな表情をしていた。おそらく彼からはステラが嫌がって逃げたように見えたのだろう。

シルバーはどうやらステラに対してだけは適切な距離感という感覚がバグってしまうようで、ほぼゼロ距離でもまったく気にならないらしい。他人の目がなければ積極的に距離を詰めてくる。

だがステラとしては、人目があろうとなかろうと、できれば最低でも半歩分くらいの距離を常に保っておきたい。つまり、お互いのパーソナルスペースが合致していないのだ。

しかも今、ロビーにはステラとユークレース親子の他に宿の受付のお兄さんがいる。シルバー的には宿の人はノーカウントの扱いになっているらしいが、ステラの中では完全に他人の目がある状態なので、ものすごく気まずい。

受付のお兄さんも美形親子（そしてユークレース家）に翻弄されている普通の少女という構図が気になるらしく、ちらちらとこちらを気にしているのだ。とてもではないが、ノーカウントにはできない。

「早く外に行こうよ、ステラ」

そんなステラの心情を知ってか知らずか、シルバーはスッと宿の外を指さした。

そのしなやかな指が示す先に目をやれば、ガラス張りになっている入り口のドアの向こう側に観光客たちが店を冷やかしながらそぞろ歩き、その隙間を縫うように職人らしき人々が足早に通り過ぎていくのが見えた。いかにも楽しそうで、わくわくするような雰囲気であふれている。

よくよく見てみれば、シルバーも表情では不満げな雰囲気を出しているものの、瞳は外の町に対する好奇心でキラキラと輝いていた。

「私よりもシンのほうが浮かれてるじゃん……」

むう、と口をとがらせたステラに、シルバーはふるふると頭を振った。

「仮にステラより浮かれてても、私のほうがしっかりしてるから大丈夫」

「……なんかさらっとバカにされた気がする」

「大丈夫、バカにはしてない。事実だから」

「なんだとお！」

キッと目をつり上げたステラの頭に、ぽふっとリヒターの手が乗せられた。そのままなだめるようにポンポンと軽く叩かれる。

「ステラ落ち着いて。せっかくなんだから喧嘩しないで仲良く観光してきなよ」

「……いきなり喧嘩を売ってきたのはシンなのに……。とにかく、リヒターさんはお仕事頑張ってください。私！は！しっかりしているので心配しなくて大丈夫ですから」

シルバーをにらみながら言葉を強調したステラに、リヒターは笑いながら「わかったわかった」とステラの頭をくしゃくしゃに撫でた。

明らかに「しっかりしている」とは思っていない態度は不服だが、ステラは撫でられること自体は嫌いではない。幼い頃に父がいなくなってしまったせいか、大きな手で頭を撫でられると、懐かしさのようなもので胸がきゅっとなる。その甘い感覚が好きなのだ。

――このときステラはまったく気づいていなかったが、きいきいと怒っていたステラがおとなしくなって満足げに撫でられているのと対照的に、彼女には見えない頭上では、シルバーが不満全開の表情でリヒターをにらみつけていた。

リヒターはそんな息子の視線にわざと気づかないふりをしてステラを存分に撫でたあと、最後にちらりとシルバーを見てにやりと笑ってみせる。

「！」

「じゃあとでね」

キッと眉をつり上げたシルバーに、笑いをこらえきれなくなったリヒターはパッと顔をそらして、手を振ることで震える肩をごまかしながら、そそくさと宿を出ていった。

「いってらっしゃーい」

そんな頭上の攻防にまったく気づかなかったステラは、のんきにひらひらと手を振ってリヒターを見送り、それからシルバーを振り返って、おや？と首をかしげた。

彼は眉間にシワを寄せ、リヒターの去っていった方向をにらんでいた。明らかに機嫌が悪い。

ステラが来る前に、リヒターとなにか喧嘩でもしていたのかもしれない。

（なるほど、それで私に当たるような態度を取ったのか）と、勝手に納得する。

（あれ？ってことはつまり）

――さっきステラは、彼の腕の中から自分が逃げ出したせいで機嫌が悪くなったなどとうぬぼれたことを考えたが、それも……。

（うわ、私自意識過剰すぎじゃん……）

恥ずかしい……と羞恥で赤くなった顔を手でぱたぱたと扇いで冷やす。

「……ステラ、どうしたの？」

「な！なんでもない。行こう」

「？そう？」

シルバーは慌てて顔をそらしたステラの様子にやや不審げな表情を浮かべたが、特にそれ以上追求してくることはなく、自然な動きでステラの手を取って出入り口へと歩き始めた。

「ってちょっと待って」

「……なに？」

シルバーに引っ張られるままに歩き始めたステラだったが、ハッとして声を上げた。彼が振り返る前に軽く舌打ちしたような気がするが、それはきっとステラの気のせいだろう。

「私に触ってたらだめでしょ？目立っちゃいけないっていうんだから、少し離れて歩かないと」

リヒターからは「精霊が近づかないステラは目立つからシルバーとともに行動しろ」と言われているのに、手を繋いでいたら彼の周りからも精霊が逃げていってしまう。それでは一緒に行動する意味がないではないか、とステラは引っ張るシルバーの力に抗って足を止めた。

「……むう……」

シルバーは再びムッと眉間にシワを寄せて、しばらくそんなステラをじっと見つめ返していたが、やがて渋々といった空気を醸《かも》しつつ手を離した。そして、ぽつりとつぶやく。

「ステラは父さんと一緒にいるとき、いつもうれしそうにしてるよね」

「へ？うれしそう？」

「……ごめん、なんでもない」

なぜそこでリヒターが……？と、なんでもないと言いながらムスッとした顔をしているシルバーの横顔を見つめ、ステラはぱちぱちとまばたきをした。


やけに機嫌が悪い。

リヒターに怒っている。

ステラがリヒターといるときにうれしそうなのが面白くない。

——それらを総合すると。

（……もしかしてシンは、私とリヒターさんが仲良さそうだから妬《や》いてるの？）

別にリヒターとは普通に話をして、ついでにちょっと撫でられただけだ。思い返してみてもだいたい普段どおりのやりとりのはずである。

いくらシルバーがステラのことが好きで、ヤキモチを妬いたといっても……たかがそれだけのことでこんなに機嫌が悪くなるものだろうか。

……それとも、誰かに恋をしたらそうなるものなのか。

ステラだって一応シルバーのことは好きだが、もしも逆の立場で——たとえばステラの母がシルバーと仲よさそうにしていたら、どう思うだろうか。

（微笑ましいとしか思わない気がする……）

ステラがシルバーに恋をしていたら、ここで「ヤキモチ妬いて拗《す》ねてるのがかわいい！」とキュンとするところなのかもしれない。

だが今、ステラの脳裏に浮かぶのは、「とりあえず出かける前にご機嫌取らなきゃなあ……」という、若干面倒くささの混じった感情だった。

我ながら、なんとも残念なトキメキのなさだ。

（これって、やっぱり恋愛感情じゃないってことなのかな……）

恋愛経験など皆無なので、自分の中のシルバーに対する『好き』が親愛なのか恋愛なのか、自分でもよくわからない。

しかし——わからないことは考えても仕方がない。

切り替えの早さはステラの美点だ。さっき脳裏に浮かんだとおり、よりよい観光のためにシルバーのご機嫌を取るのが先決である。

「シンと出かけるのもすごくうれしいよ。手は繋げないけど、なるべく離れないように歩くから」

ね、とステラが真横に立って首をかしげてみせると、シルバーは少し機嫌を持ち直したらしく、少しうれしそうにステラの顔を見た。

「じゃあ、六十センチ以上離れたらだめ」

「え、なんか妙に具体的な数字出してきた……」

「緊急時にすぐ手が届く距離」

「ああ、なるほど……じゃあ行こうか……」

そばにいたいという意味かと思ったら、安全重視の実務的な距離だった。

やっぱり、私の自意識過剰じゃん――。

「お出かけですね。お気をつけて」

ステラが恥ずかしさに内心で悶えているところに、宿のお兄さんの声が追い打ちをかけてくる。

そういえば、彼がそこにいたのだ。

「……ハイ……」

(穴があったら入りたい……)

＊＊＊

食器、ランプ、花瓶、置物にアクセサリー。

目抜き通りに軒を連ねる店頭に並べられた色とりどりの製品は、どれもこれもがガラスで作られていた。

ざわざわと人々の明るい声が飛び交う中、ときおり、風を受けたガラス製のウインドベルがしゃらしゃらと涼しい音を響かせる。

そのウインドベルの下で足を止めたステラの目は、ショーウインドウの中のワイングラスに釘付けになっていた。

グラスの脚のほうは深い紺色で、そこから上に向かって透明になっていく、というグラデーション。

そして目を引くのは、グラスの縁近くに立体的にあしらわれた白と黒の翼を持つ鳥だった。ステラもレグランドで見たことがあるカモメだ。非常に精巧な造りで、ガラスとは思えない出来である。

「気になるなら中で見てみる？」

店内に視線を向けながら声をかけてきたシルバーに、ステラは即座にふるふると頭を振った。

『コールス硝子工房』という看板を掲げたこの店に並んでいる商品は、ここに来るまでに他の店で見てきたよりも細工が細かくて、明らかに格が違う。

「ぶつかって壊したときに弁償できないからいい」

「壊すのが前提なんだ……」

シルバーは苦笑しながら店内に視線を走らせ、そしてなにかを見つけて「あ」と声を上げた。

「ステラみたいなのがあるよ」

「……私みたいなの？」

シルバーはそう言うと、ステラが止める間もなくすたすたと店内に入っていってしまった。

「六十センチ以上離れるなって言ったのはそっちなのに……！」

取り残されたステラは慌ててあとを追おうとして、硝子製品の並ぶ棚にひるんで足を止めた。しかし、『ステラみたいなの』が一体なんなのか、正体も気になる。

左右を警戒しながらおそるおそる店内に足を踏み入れると、店内中央の硝子ケースの前で、シルバーが手招きをしていた。

「……壊したらユークレースに請求してもらうからね……」

「いや、まあいいけど……ほらこれ、四季シリーズだって」

硝子ケースの中には、ペアのワイングラスとデザート皿がセットになったものが展示してあった。先ほど店頭にあったカモメのグラスセットの他に三種類、計四種類のデザインが並んでいる。

四季というからには、青にカモメの意匠はおそらく夏だろう。春は桃色に白い蝶、秋は黄金色にリス、冬は白にウサギ――という、季節をイメージした色プラス生き物のシリーズのようだ。

「このピンク、ステラの髪と同じ色。それに蝶だし」

「あー、本当だ……」

たしかに薄桃色の髪で蝶を扱う『ステラみたいなの』だ。

だが、それを言うと同時に『アグレルみたいなの』でもあるのだが、シルバーがうれしそうにしているので、そこは言わないでおく。

四季シリーズは全体的に精巧で繊細な造りだが、その中でも特に春の蝶は翅脈まで再現された薄い翅があまりにも見事で、そしてあまりにも脆《もろ》そうだ。

ワインを注いで使うだけならばともかく、洗おうとしたら、ステラなら確実に破損させてしまう。どう考えても実用品ではない。

「四季シリーズにご興味がおありですか？」

少し見たらすぐ出ていこうと思っていたのに、じっくりと見すぎたらしい。ステラたちに笑顔で声をかけてきたのは、女性店員だった。さすが高級品を扱う店だけあって、シンプルでありながらも、かなり上質な生地のワンピースに身を包んでいる。

ステラとは、住む世界が違う。

「あの、すみません。あまりにきれいで見ていただけで……」

改めて横目でチラリと見た値札には、ステラが見たこともないようなとんでもない数のゼロが並んでいる。お姉さんにセールストークを繰り広げられても買うことなどできないし、お互いの時間を無駄に浪費するだけになってしまう。

ステラは今までの人生の中でこんな高級そうな店など入ったことがない。どう返したらいいのかがわからず、思わず後退《あとずさ》りをしてシルバーの袖をつかんだ。

「ええ、四季シリーズはうちの職人たちの自信作なんです。お客様に興味を持っていただけたでも職人が喜びますし、どうぞゆっくりご覧になっていってください」

そもそもステラたちのような子どもに売りつけようなどとは思っていなかったのだろう。店員はにこりと優しく微笑むと、体を少しずらして別の棚を手で示した。

「よろしければグラスセットだけではなく、あちらもご覧になっていってください。同じ四季シリーズですが、あちらにはいろいろなお客様が手に取りやすいような小物をご用意していますので」

そちらの棚は硝子ケースなどでは覆われておらず、春夏秋冬でコーナーが分けられ、それぞれ小皿やカップ、アクセサリーなど、様々なものが並べてあった。

チラリと見える値札はワイングラスと比べたらずっと安価で、グラスの値段に驚いたあとに見ると思わず「安い！」と言ってしまいそうになる。

「では、ごゆっくり」

店員はそう言って丁寧なお辞儀と華やかな微笑みを残し、新しく入ってきた客のほうへと歩いていった。

「……びっくりした……」

店員が声の聞こえない距離まで十分離れたところで、ステラはまだバクバクしている胸に手を当てて、ため息とともに言葉を吐き出した。

シルバーは、そんなステラの様子に苦笑を浮かべる。

「こういう店は冷やかし客の方が多いから、買う気がなくてもそんなにビクビクしなくて大丈夫だよ。――でもほら、これステラに似合いそう」

「く……上流階級の余裕……」

シルバーが手に取っていたのは四季シリーズのイヤリングで、桃色の花と白い蝶のガラス細工が細いチェーンで連なっているものだった。蝶の造りはワイングラスのものとは比べようがないほど簡易だが、それでも可憐でかわいい。やや濃いめの桃色も、シルバーの言うとおり、ステラの髪色に合いそうだ。

「わ、かわいい！――でも、イヤリングって暴れたときに落としそうで怖くてつけられないんだよね」

「……まず、暴れるのが前提なのはどうかと思うんだけど」

ほら、跳んだりはねたりするとね？と続けるステラに、シルバーはため息をついて、イヤリングを棚に戻した。

「……他の場所見に行こうか」

「うん。ランプの点灯ももうすぐだしね」

たしかに置いてある商品はかわいかったりきれいだったりするので見ていたい気持ちもあるが、それよりもうっかり壊してしまうのが怖い。それに、暗くなってしまう前にもっといろいろな店を回りたいというのもある。

「さっき入った店の人が言ってた、輸送用の大型船を見に行こうか」

シルバーの提案に、ステラはキラリと目を輝かせる。

サニディンの運河では製品の輸送のために毎日小型船が行き来しているが、国外向けの製品を運ぶ大型の輸送船は数ヶ月に一度しかやってこない。海を渡ってきたその船は、運河の船着き場に三日間停泊して大量の荷を積み込み、再び海へ向かって旅立っていくらしい。

その船が、昨日から船着き場にやってきているのだ。

別に船の中に入れるわけではなく、船着き場の近くにある広場から遠目に眺めることしかできないが、大型船を目にする機会はなかなかないので、観光客にも人気のスポットになっているらしい。

「でも、シンは別に船なんか見慣れてるでしょ？」

なにせシルバーが暮らしているレグランドは港町だ。ステラはまだ港へ行ったことがないので見たことがないが、大型船が何隻も入ってきているはずである。

「まあね。でもステラは見に行きたいんだよね？　船の話に食いついてたし」

「ばれてた……。うん、見たいです」

「じゃあ行こう」

ステラがこくんとうなずくと、シルバーは少しだけ微笑んだ。

レグランドに戻れば何度でも見られるが、このままステラがレグランドに戻らないなら、一生見ることがないかもしれない。

(もしかしたら、それを気遣ってくれたのかな)

ちろりと上目遣いにシルバーの表情を窺い見ると、彼もステラを見ていたらしく、ぱちんと視線が合ってしまった。

その瞬間、シルバーの顔に浮かんでいた控えめな微笑みは一気に花が開くようにうれしそうな笑みに変わる。

「うっ……」

眩《まぶ》しい。顔がよすぎて後光が差している幻覚すら見える。

あまりの眩しさにステラはふいっと顔をそらしたのだが、視線を追うようにシルバーが顔をのぞき込んでくる。

「ステラ？ どうしたの？」

「な……なんでもない……」

絶対に顔が赤くなっているので見られたくない。むしろシルバーは、ステラが赤くなっているのがわかっているからしつこくのぞき込もうとしているのかもしれないが。

負けじとさらに顔をそらして完全に首を真横に捻ったところで、視界の端に、先ほど話しかけてきた店員が一人の男と話をしているのが見えた。

「ん？」

男の横顔に、なんとなく見覚えのある面影を感じて、ステラは目をこらした。それにあの赤みがかったオレンジ色の髪は……。

「……ジュド？」

第二章　故郷の花

　ステラの小さなつぶやき声が届いたのか、オレンジ色の髪の青年がこちらを振り向いて――ステラを見て目を丸くした。

「ステラ⁉なんでここに？」

　青年はよほど驚いたようで、大声を出したあとにパッと口を押さえて周囲を見回し、驚いている客に頭を下げた。そして話をしていた店員になにかを告げて頭を下げたあと、足早にステラのほうへと向かってきた。

「わー、やっぱりジュドだ！　久しぶり！」

　ジュド――ジュドルはアントレルで兄妹のように育った幼なじみだ。ずいぶん会っていなかったし、すっかり大人びてしまったが、それでもひと目でわかる程度に面影が残っていた。

　ぱあっと顔を輝かせて笑顔を浮かべたステラに、近づいてきたジュドルは口を開きかけて――しかし、すぐに閉じてしまう。

「？」

　彼はステラから少し離れた位置で足を止め、なぜか戸惑った表情でステラを見ている。

　この微妙な距離感はなんだろう。まるでステラを避ける精霊のような距離感だが、もしかして今ここにいる彼の正体は、ジュドルではなく精霊――

「たぶん、手」

　――が、化けているのかもしれない、などと、しようもないことを考え始めていたステラのしようもない思考に気づいたのか、シルバーが一言つぶやいた。

「て？」

視線を下げる。言われてみれば、ジュドルの視線もやや下のほう……ステラの手のあたりに向いている。

そしてそのステラの手は、シルバーの手をがっちりと握っていた。

「……あれっ⁉いつの間に⁉」

「……一応断っておくけど、手を握ってきたのはステラからだからね」

「……ですね」

二人仲良く手を繋ぎあっているわけではなく、一方的にステラがシルバーの手を握っているのだから、それはそうだろう。店員に話しかけられたときに助けを求めてシルバーの袖をつかみ、なんとなくそのまま手を握ってしまったらしい。

ステラの時間が止まる前――シルバーがシンシャだった頃は普通の会話でも精霊が暴走していたため、なるべく意識的に手を繋ぐようにしていたので、無意識にその頃の癖が出てしまったのだろう。

ジュドルはそんなステラの手元から視線を引き剥がし、気まずそうに頭をかいた。

「……もしかして、恋人？」

「は⁉ち、違！　違うよ⁉」

ヒエッとなったステラはすばやく手を離そうとした。

が、すかさずシルバーが指を絡ませてくる。ギチッと握られた手は、ぶんぶん振ってみてもまったく解けそうにない。

「シン！」

「なに？」

少年の顔を見上げれば、ニコッと笑顔が返ってくる。天使のような笑顔だというのに、目がまったく笑っていない。ステラは再びヒエッとなって若干ひるんだ。

「な、なに、じゃなくてえ……」

「冗談だよ。ごめんね、やりすぎた」

ステラの目尻にじわりと涙が滲《にじ》んできたあたりで、シルバーは肩をすくめてするりと手を離した。

──それだけではなく、彼はステラの後ろに隠れるようにすっと一歩下がって、さらに上着のフードを深く被って顔を隠してしまう。

（えっ、そこまでしなくても……）

しかし、まずはジュドルのとんでもない誤解を解くところからだ、とステラは幼なじみのほうに向き直った。

「……というわけで恋人ではありません。彼はシル──」

「シンといいます。よろしく」

紹介しようとするステラの言葉を遮って、シルバーはどう好意的に解釈しても「よろしく」とは思っていない、ぶっきらぼうな声で名乗った。

口調についてはさておいて、今サニディンでは、精霊術士の協会が工房との契約価格を引き上げて問題になっているようなので、その協会のトップにいるユークレースの名は出すなということだろう。

「……えっと、シンは旅の同行者です」

「はあ……よろしく……」

ジュドルはシルバーに不信感に満ちた目を向けながらも、軽く会釈《えしゃく》をする。ステラから見ても今のシルバーの行動は怪しいので、第三者から見た不審者レベルは相当なはずだ。

だがジュドルのほうから聞いてこないのをいいことに、ステラはシルバーについてそれ以上触れないことにする。

「ええと、で、こっちはジュドル。町に入る前にサニディンに幼なじみがいるって話したでしょ？ このオレンジ頭のがそれです」

「……ひどい紹介だな」

ステラのひどい紹介にジュドルは不満げな声を上げたが、シルバーはなにも言わずにこくんと一度だけうなずいた。

そんなシルバーの態度に、ジュドルは不快そうに片眉を上げ、だがこちらも特になにも言わず、ついっと目をそらしてステラに向き合った。

「でもステラ、本当になんでここにいるんだ？ 旅行？ コーディーさんも一緒なのか？」

アントレルの住人、特に女性や子どもが村の外に出るのは、とても珍しい。まして、母親を誰よりも大事にしているステラが一人でふらふらと歩いていることを不審に思ったようだ。それに加えて同行者がフードで顔を隠した美少年、という怪しさなのだから、それも当然だろう。

「母さんはアントレルにいるよ。私だけ用事があってレグランドに行ってたの。それで、これからアントレルに戻るところ」

「レグランド？ 精霊術士の町だろ……なんの用事だよ」

「精霊術士」というところでジュドルは少しだけ顔をしかめた。彼の表情を見るに、シルバーがユークレースを名乗らなかったのは正解だったらしい。

そのシルバーは、こちらのやり取りを完全に無視して別の方向を向いている。ステラも彼が愛想のいい人間ではないのはわかっていたが、それにしたって恐ろしいまでの態度の悪さである。

「えっと……私もいろいろあるんだよ。そういうジュドは……もしやここで働いてるの？」

「『もしや』ってなんだよ。そうだよ、ここで職人として働かせてもらってる」

「本当に!?すごい！」

ステラの記憶にある限り、たしかにジュドルは器用な少年だった。しかし、さすがにここまでの高級店で働けるほどの腕があるとは思ってもみなかった。

故郷を一人で飛び出して、職人になるという夢を叶えるだけでも大変だっただろうに。

ステラがすごいすごいと目を輝かせると、ジュドルは頭をかいて赤くなった顔をうつむけた。

（よし、ジュドの興味を逸らすの成功）

ステラはニコニコしながら心の中でホッと息を吐く。

ジュドルは昔から褒められると照れて逃げようとするのだ。それを利用したステラの作戦勝ちである。

もちろん、すごいと思っているのも本心だが。

――そんな具合に褒められて照れ照れと耳まで赤くなっているジュドルの横に、スス……と近づいてきた人物が一人。

それは、さっきステラたちに接客をしてくれていた女性店員だった。

彼女のしなやかな指が優しく肩に乗せられた瞬間、赤くなっていたジュドルはビクッと硬直して、一気に顔色を青ざめさせる。

「……ア、アデルさん、どうしたんですか？」

そう言ったジュドルの目は完全に泳いでいた。

アデルと呼ばれた店員は聖女のような美しい微笑みを浮かべ、いいことを思いついた、と言わんばかりに胸の前で両手を合わせた。——一瞬だけジュドルに向けてニタァッと邪悪な笑みを浮かべたように見えたが、ステラの気のせいだろう。

「そちらのお客様、さっき『春』を見てたのよ。だからジュドルくんのことを紹介させていただこうと思って」

「こいつは幼なじみなんで、紹介なんて必要……」

それを聞いた瞬間、アデルの瞳の奥がキラリと光った。——ように見えた。

「あらっ、お嬢さんはジュドルくんの幼なじみだったんですね」

「はい、そうですけど……」

止めようとするジュドルを無視して、アデルは「なるほどなるほど」と一人でうなずいてから再び微笑みを浮かべた。

「さっきお二人が見ていた四季シリーズは、うちの工房の中でも腕のいい四人の職人が各季節を担当しているんですが、『春』はジュドルくんの作品なんですよ」

硝子ケースを指し示したアデルの言葉で、ステラは「ええ!?」と驚きの声を上げそうになって、慌てて両手で自分の口を押さえた。

「あんな……触ったらパキンッてなりそうなあのすごいやつを？」

「さすがステラ。感想のレベルが幼児」

完全無視していると思っていたシルバーがぼそっとつぶやいて、青くなっていたジュドルがぶっと吹き出した。アデルは鉄壁の営業スマイルを貼りつけていたが、口元が少しだけピクピクしている。

ステラは横目でシルバーをにらみつけるが、彼はつんと顔をそらしていた。

「どうせ幼児レベルですよ。……でもジュドなら同じ春でも、森と鳥とかにしそうなのに、ちょっと意外。ジュドは鳥好きだったでしょ？」

「あー、森は考えたけど、夏との差別化を考えると難しかったんだよ。で、メインを花にして、それなら鳥より虫かなって」

色やモチーフの偏りなど、春夏秋冬が並んだときのバランスを他の職人たちと話し合って調整し、作り上げたものなのだという。

「ジュドルくんがイメージを桃色に決めたのは早かったんですよ。それに加えて発色にすごくこだわってたから、工房の中でも、なにか思い入れがある色なのかなって話題になってたんです。――ふふ、故郷の愛しい花の色だったっていうことね」

ニコニコと話すアデルの横で、ジュドルは完全に頭を抱えてうつむいてしまっている。故郷の花を思い出して作ったというのはそんなに恥ずかしいことだろうか。男なのに花なんて、とでも思っているのかもしれない。

「んー、でも故郷っていっても……アントレルにそんな特徴的なピンクの花あったっけ？」

「そっ……そのへんの花だよ。たまたま思い出したのがその色だっただけで！　ああもうアデルさん満足したでしょう⁉　接客に戻ってくださいよ」

「なに言ってるのよジュドルくん、接客なら今しているじゃない。あなたと違って私は仕事中よ？」

アデルはジュドルに向かって、チッチッチと指を振った。

その言葉で、そういえば……とステラは首をかしげる。

小さな店では職人が客の相手をすることもあるが、ここのようにある程度規模の大きな店では通常、接客専門の従業員がいて、職人は店舗側には出てこないものだ。

単純に店舗の店員に用事があって来ているのかとも思ったが、アデルの言葉を聞く限りだと、どうやら違うらしい。

「え？ ジュドはサボり中なの？」

「ちげーよ。協会の……」

なにかを言いかけて、ジュドルはバツの悪そうな表情で口を閉ざした。

「とにかく、別にサボってるわけじゃ――」

「ジュドルくん。どうせ作業場から追い出されたんだし、例のお客様はまだしばらく帰らないだろうから、休憩がてら少しこのへんの案内をしてあげたらどう？ せっかく幼なじみと再会できたんだもの。積もる話もあるでしょう？」

「アデルさん、そんな勝手に……！ ステラたちだってもうこのあとの予定決まってるんだろ？」

このあとの予定といっても、町をふらついて船とランプの点灯を見たい――くらいのふんわりとしたプランしかない。それだって、別に見られなければ見られないで構わないのだ。明日だってチャンスはある。

一方のジュドルは、アントレルを出ていってから一度も里帰りをしていないので、ステラも実に数年ぶりの再会である。積もる話……というほどではないが、ジュドルの近況を聞いたりジュドルの実家の様子を伝えたりする時間が欲しいなと思っていたため、アデルの提案は素直にうれしかった。

――ただ、と、ステラはシルバーのほうをチラリと見る。

「シン、どうす……」

「案内をしてもらえるなら助かります」

嫌がりそうだなと思っていたのに、そのシルバーから意外な言葉が返ってきて、ステラはぱちくりとまばたきをした。

フードを深く被っているので、彼が今どんな表情をしているのかはまったくわからない。……が、声は淡々として硬く、少なくとも「助かる」とは思っていないだろうな、という雰囲気が滲み出している。

――だというのに、なぜ同行を受け入れるのだろうか。

「え……ええ？」

ジュドルも困惑しきった顔で、助けを求めるようにステラに視線を投げかけてきた。

先ほどジュドルの口から『協会』という単語が出てきたので、もしかしたらシルバーは精霊術士の協会と工房の関係について聞きたいのかもしれない。それならばステラと気安い関係であるジュドルは適任だ。

「えーと……じゃあひとまずお茶でも飲みながら話そう？ジュド、どっか案内してよ」

村にいた頃と同じように、ステラがニッと笑ってみせると、ジュドルも頬を緩めた。今のジュドルはステラの記憶にある少年の姿よりずっと大人びているが、それでもその顔は昔のままで、少しうれしくなる。

「……わかったよ。ちょっと着替えてくるから待ってな」

「りょうかーい」

ステラが笑顔でひらひら手を振って見送っていると、すうっとシルバーが耳元に唇を寄せてきた。

「あいつがいても、六十センチ以上離れたらダメなのは継続だからね」

自分で受け入れておきながら拗ねた声を出すシルバーに、ステラは苦笑しながらうなずいた。

「りょーかい」

＊＊＊

観光客よりも地元住人が多く集まる店内はいわゆる大衆酒場のような雰囲気で、ガチャガチャと食器のぶつかる音と酔っぱらいの大きな話し声が響いていた。

ジュドルから「にぎやかな店と落ち着いた店のどっちがいい」と聞かれ、シルバーが迷いなく「できるだけにぎやかな店」と答えたためこういうチョイスになったのだが、ここまでにぎわっている酒場の雰囲気に慣れていないステラは、ソワソワとしてしまう。

「で、わざわざ騒がしいところを選んだってことは、なにか聞きたいことがあるんだろ？」

飲み物と適当に頼んだいくつかの軽食がテーブルに届いたところで、行儀悪く頬杖をついたジュドルが、テーブルをコツコツと指で叩きながらシルバーに鋭い目を向けた。

にらまれたシルバーはジュドルとは対照的に、姿勢よく座ったままかすかにうなずいた。

「話が早くて助かる。――『このテーブルの周りだけ音を遮断』」

シルバーが虚空に向けて小さく呼びかけると、騒がしかった店内の音が突然フッとかき消え、完全な静寂が訪れる。

「うわ！　なんだ⁉」

静寂の中に響いたジュドルの声に、ステラはびくりと体をはねさせた。

うるさい場所から突然音が消えて、自分の耳がおかしくなったのかと思ったところに、大きな声が響いたのだ。音量の緩急が激しすぎて心臓がバクバクしている。

「急に大きな声出さないでよ、ジュド」

「んなこと言っても、いきなり――」

「精霊術を使った。周りの音は聞こえないし、こっちの声も周りに聞こえない」

ジュドルが言い返している途中だったが、シルバーはいつもどおりの淡々とした調子で言葉を被せた。ジュドルは少しむっとした顔で口を閉じる。

その二人の様子にステラは肩をすくめ、自分の耳を押さえながら周りを見回した。

周囲の人々は先ほどと変わらず話をしたり笑い合ったりしているのに、音だけがさっぱりと消えてしまった光景は、ものすごく異様である。

「……こうやって音を聞こえなくするなら、騒がしいところじゃなくてもよかったんじゃない？」

どうせ聞こえないんだし、というステラに、シルバーは首を振った。

「ううん。静かなところでこれやると、こっちの音が聞こえないから逆に目立つよ。周りが騒がしいと、隣の席の会話が聞こえなくても気にしないでしょ？」

「あぁ……言われてみればたしかに」

ステラは改めて周りを見回してみるが、すぐそばのテーブルで笑い合っている酒飲みの男たちも、その横の若い男女の集団も、こちらを気にしている様子はなかった。

なるほどね――と、視線を自分たちのテーブルに戻したところで、ステラはやっと、ジュドルが険しい表情をしていることに気づいた。

「……っていうかお前、精霊術士なのか」

そう言ったジュドルの表情に友好的な色は一切なく、まるで親の敵でも見つけたかのように、シルバーをにらみつけていた。

ステラの知る限り、アントレルにいた頃のジュドルは特段精霊術士を嫌っていなかったはずなので、やはり協会関係で反感を抱いているのだろう。一方のシルバーはジュドルの鋭い視線にひるむどころか、ふん、と鼻で笑ってみせた。

「まあ、そうだね。——お前って呼ばれる筋合いはないけど」

「ハッ。はじめっから敵愾心《てきがいしん》むき出しで顔も正体もまともに明かせないようなやつなんか『お前』で十分だろ」

「現状のサニディンで術士だってことを明かしたら、粗野な人間に絡まれかねない。たとえば今みたいに」

トゲトゲしさを隠しもしないジュドルの言葉に、シルバーは、まるで言葉が冷気をまとっているかのようにひんやりとした声色で返事をする。もともと冷えていた場の空気がさらに凍りついていく。

ステラは大きくため息をついてから口を開いた。

「……落ち着いてよ、二人とも。ねえシン、喧嘩しに来たわけじゃないでしょう?」

「かかる火の粉を払っただけだよ」

おそらくステラから自分だけ名指しで責められたのが面白くなかったのだろう。むすっとした口調でシルバーが言い返してくる。だが、ステラはにっこりと笑ってみせた。

「シン。喧嘩しに来たんじゃない、でしょ」

「……」

「返事は?」

「……はい」

苦りきった声色で返事をしたシルバーの顔は被っているフードのせいでよく見えないが、口がへの字になっているので、拗ねた顔をしているに違いない。

「よろしい。……ジュドはジュドで、そっちにもいろいろ事情があるだろうし、精霊術士に対して思うところがあるのかもしれないけど、どんな理由があったとしても、ほとんど面識のない人相手にそんな態度はないでしょう？　シンもそうだけど、今のは、どちらにも問題があります」

ステラが矛先をジュドルに変えて睨《にら》みをきかせると、ジュドルは「う……」とひるんだ。

「……くそ、ステラのくせに正論だな。そうだな、俺が悪かった」

「よし、じゃあ喧嘩しないで話をしてください。――それに、たぶんジュドにとってシンは敵じゃなくて、むしろ味方だと思うけど」

「は？　……味方？」

ジュドルはステラの言葉に眉をひそめ、疑いの目をシルバーに向けた。

その視線を受けたシルバーはいまだに口をへの字にしたまま、つい、と顔をそらした。

「別に敵じゃないってだけで、味方でもない。……まあ本題に入るよ。さっきあの店の奥に入っていった精霊術士協会の連中が、どのくらいの頻度でどんな話をしに来てるのか聞きたかったんだ」

「え、そんな人たちが来てたの？」

いつの間に、とステラは目を瞬かせる。

ステラはガラス細工やジュドルに気を取られていて、店の奥に人が入っていったことすら認識していなかった。

「うん。三人組で……そのうち一人が知ってる顔だった」

「あ、それで顔を隠したの？」

あのとき、ちょうどジュドルと話し始めたあたりで急にシルバーが顔を隠したのは、ジュドルに対して顔を見せたくないからだろうと思っていたが、そうではなかったらしい。ステラの後ろに移動したのも、相手の視界に入らないように隠れていたのだろう。

シルバーはうなずいて、ジュドルのほうへ顔を向けて続ける。

「あのときの店員とあなたの会話の内容からして、あなたは過去に連中と揉め事を起こしたかなにかしたせいで、今回は顔を合わせないように事前に裏から追い出されたんじゃないですか？」

どうやら図星だったらしく、ジュドルは戸惑いと薄気味悪さが混じったような表情を浮かべて、ぎゅっと眉根を寄せた。

「……なんでそんなことがわかるんだよ……」

「連中は慣れた様子で店舗の奥へ入っていったから、すでに何度か足を運んでるってことでしょう？ということは、すぐには呑めないような無茶な要求を突きつけてきてるんだろうなと思ったんです。それにあなたはたんら……カッとなりやすそうだから、怒鳴ったり手を出したりして問題になる前に遠ざけられたのかな、と」

「ああ、合ってる。……合ってるがお前、短絡的って言いかけただろ……」

「気のせいでは？」

「……」

じっとりとにらみつけるジュドルから、シルバーは再びふんと顔をそらした。いつでも言葉を選び、抑え続けて生きてきたシルバーには「うっかり口を滑らせる」など、一番縁遠い言葉だ。どう考えても意図的に『短絡的』という単語を混ぜたのだろう。なぜかはわからないが、彼はどこまでもジュドルが気に入らないらしい。

「すぐに呑めない要求って、協会と工房の契約料値上げのこと？」

また喧嘩を始められたらいつまでも話が先に進まない。ステラはジュドルの腕をつついて尋ねる。

それでやっとシルバーをにらむことを止めたジュドルは、「それもある」とため息をついた。

「値上げ自体はまあ、前からたまにあったことだし、必要なことなら仕方がない。だが、今年に入ってから何回も引き上げられてるんだぜ。しかもそれとは別に、船着き場の整備拡張をするとかなんとか言って寄付を募り始めたんだよ。寄付って言いながらほとんど脅迫みたいな言い方してきやがるし、額もでかすぎる」

「……そういうインフラ工事の費用って、町の予算で賄うものじゃないの？」

　本来なら行政が計画的に行うはずのインフラ工事の費用を、工房からの寄付で賄うというのは、おかしな話のような気がする。

　首をかしげたステラに答えたのは、シルバーだった。

「サニディンっていう町は、職人組合と精霊術士協会の二つと、町の行政の三者が一緒に運営している会社みたいなものなんだよ。公共の工事でも長期計画にないような突発的な――災害や事故被害の修復や、新しい試みなんかは寄付で賄う場合があるんだ」

「へえ……なら、船着き場の整備拡張は新しい試みってことね？」

　必須ではない工事のための費用で、しかも多額となれば、たしかにすぐには呑めない案件だ。

「いや、それはそうなんだが……お前……ええとシンだったか。なんでそんなにサニディンのことに詳しいんだよ。精霊術士協会の人間ってわけでもないみたいだし」

「うん。協会の人間じゃなくて、協会を管理してるユークレースの人間」

　さらりと自分の正体を明かしたシルバーの言葉に、ジュドルはぽかんと口を開けた。

「ユークレースって……あのユークレースか？」

「『あの』っていうのがなんなのかわかんないけど、たぶんそのユークレースだと思う」

「……マジか」

そういえばステラもリヒターにはじめて会ったとき、ユークレースと聞いて詐欺師だろうかと疑ったことを思い出す。

そのくらいにユークレースの名は有名で、一般人からしてみれば一生関わらないであろう人々なのだ。

「マジだよ。ジュドだってさっきシンが精霊術使うところ見たでしょ。普通の精霊術士にあんなことはできないから」

「いやまあ……そうだが……ユークレースっつったら上流階級っていうか……なんでそんな大層な家のやつがステラと一緒にいるんだよ」

「一緒なのはアントレルと方向が一緒だから。このあとアントレルに行くの」

「は？ お前はレグランドから来たんだろ？ あそこからだと、サニディンを経由したら微妙に回り道になるじゃんか。それに、町の内部事情を嗅ぎ回るようなことして……」

「んー……」

どこまで事情を話していいのだろうか。ステラはチラリとシルバーのほうを窺う。その視線を受けたシルバーは小さく肩をすくめた。

「協会が会計で不正をしてる疑いがあるって報告があって、ユークレース本家が動いてる。で、調査をしてるのがうちの親」

「本家……たいそうな家の中でもトップのほうの人間かよ。つーか、調査してるのが親なら、お前は関係ないだろ」

「……うちの親、目立つし、表立って動くことになるから都合の悪い証拠は隠されかねない。だからあの人とは別口で動いて、なにか怪しいものを見つけたら報告するよう言われてる」

「え、そうなの⁉」

シルバーとリヒターの間でそんな話になっていることを、ステラはまったく知らなかった。

そう言われてみればシルバーは店に並んでいる商品よりも、店自体や店員に注意を払っていたような気がしないでもない。やはり観光気分は自分だけだったのか、とステラはがっくりと肩を落とす。

そんなステラの様子に、ジュドルが呆れたような目を向けた。

「いやなんでステラが驚いてるんだよ」

「……だってシンもリヒターさんもそんなこと、全然言ってなかったもん！」

「うん。ステラは顔に出そうだから黙ってた」

「ひどい！」

不満の声を上げたステラをちらりと見たジュドルは、すぐにうなずいた。

「たしかにそれはそうだな」

「納得するの早くない⁉」

「ステラはそれでいいんだよ。隠せなければ疑わなくて済むから。だから父さんたちもステラに気を許してるんだし」

「……それ、遠回しに私がバカっぽいから疑う余地がないって言ってる？」

「あはは」

「否定しないのか！」

「疑う余地がないっていうのは希有な才能だよ。ユークレースは身内でも信用できない一族だから、あの人たちは基本的に相手に気を許さない。なのにステラは別なんだから」

シルバーはまるで天気の話をするような口調で話しているが、まさに彼自身が『当主を殺して次期当主に就任する』という計画に使われかけた、『身内でも信用できない』事例の証人なのだ。あまりの殺伐具合に、ステラは少し遠い目になってしまう。

「上流階級の大きい家って大変なんだな……」

「あ、ジュドが私と同じ感想言ってる」

ものすごく聞き覚えのあるジュドルのセリフにステラが笑うと、彼はうわっと顔をしかめた。

「まじか。屈辱だ」

「なんだと」

ステラはさっと手を伸ばして、テーブルの上に置かれていたジュドルの手の甲を軽くつねった。あくまでも軽くだったので痛みはなかったはずなのに、ジュドルは大げさに手を押さえて「痛え！」と声を上げる。

「相変わらず凶暴だな」

「そんなに強くやってないでしょ。本気でやったらどれくらい痛いか試してみる？　昔より力は強くなってるよ」

「やめろバカ」

ふざけてもう一度伸ばされたステラの手は、ジュドルにつかまれて動きを止める。と、その瞬間に。

カツンッ——と、乾いた音が響く。

「問題は」

じゃれていた二人が注目すると、テーブルを爪で叩いたシルバーは氷のように冷たい声を出した。

「契約書のない金の動きがあるってところ。工房側で認識している契約料の引き上げと、ユークレースで把握している引き上げの額が合致するのか確認しないといけない。……これは協会を通すと証拠を消されたりするかもしれないから、直接工房側に協力を仰ぐ必要がある。――それで、ジュドルさんにお願いしたいんだけど」

温度を感じさせない冷ややかな声でシルバーが続ける。

それは『お願い』というよりも『命令』に近い雰囲気を漂わせていて、ジュドルも気圧されたように「お、おう……」と返事をした。

「……つまり、うちの工房と協会の取引記録を調べさせろって？」

「うん。できれば協力してほしい。不正をやってる連中は、あなたのところみたいな中規模の工房を狙ってるはずなんだ。小さいところ相手にいちいち工作するのは手間ばかりで利益が少ないし、逆に大きすぎるとチェックが厳しい」

「うちくらいの大きさがちょうどカモにしやすいってことか」

「そう。実際に協会の連中が足を運んでいるのも確認できたし」

「ああ、まあそうか……」

ジュドルは腕組みをして少し考え込んでから、顔を上げた。

「もし協力をして……それで不正が見つかったら、今まで余分に取られてた金は返却されるってことか？」

「不当な請求だっていうことが明らかになれば、返還することになる」

「帳簿を調べるのはお前なの？」

「そこは正式に本家から派遣されてる人間がやらないといけないから、うちの親がやることになる。

とになる。

シルバーの役目は疑わしいものの発見と報告で、その先はリヒターの仕事なのだ。とはいえ、帳簿のチェックなど一人でやったら時間がかかりすぎるので、結局シルバーも手伝うことになる。

「……しかし、なんで俺に話をしたんだ？　うちの工房で上とかけ合うなら、アデルさんとかのが確実だぜ」

アデルというと、たしか店で声をかけてきた女性店員の名だ。ジュドルによれば、彼女はあの工房でも古株のベテラン店員らしい。

だが、シルバーは頭を振った。

「誰が信用できるかわからない状態で下手に声をかけて、それが不正に手を貸してる相手だったら証拠を隠されるかもしれない。……あなたのことはステラが人となりを知ってるし、工房内でも実力が認められている。ついでに協会に対して反感を持ってるみたいだし、短絡的で隠し事はできなさそうだから適任だと思った」

「……最後の一言はいらねえだろ」

「最後の一言って、『適任だと思った』のところかな」

「おいステラ、この生意気なガキ、本当にユークレースの人間なのか」

カリカリに焼いたチーズのスナックをちょうど口に入れたところだったステラは、塩っ気のあるチーズをポリポリと噛み砕く。それから、スナックの入った器をシルバーの前に移動させた。

「これおいしい。シンも食べて」

「え、うん」

「俺のことは無視かよ」

「違うよ。そう聞かれてもさ、シンは間違いなくユークレースの人だけど今ここで証明する方法はないし、『私は本当だと思ってる』としか答えようがないなぁと思って。――それにしても、シンはなんでそんなにジュドに突っかかるの？」

ステラが首をかしげると、一瞬だけシルバーとジュドルが顔を見合わせた。

そして同時にふいっと逸らす。

「ステラは知らなくていい」

「お前はわかんなくていい」

明らかに険悪な雰囲気だというのに、二人の声がきれいに揃う。

ステラが目をぱちくりと瞬かせて男二人の顔を交互に見ると、シルバーのほうはよくわからなかったが、ジュドルは苦虫を噛み潰したような顔をしていた。

「え、わかってないの私だけ？」

「とりあえずそっちの要求はわかった。店に戻ったらオーナーに協力するよう話してみる」

「よろしく」

「ねえ無視しないでよ」

「『音を通していいよ』」

ステラの訴えを完全に無視して、シルバーが再び虚空に向けて言葉を放つ。

それと同時に、今まで遮断されていた周りの喧騒が一気に押し寄せてきて、ステラとジュドルは思わず耳をふさいだ。

「み、耳が……」

「そういうのは予告してからにしろよ！」

第三章　コールス硝子工房

　ジュドルはそのあとすぐに話をつけてくれて、翌日にはもう取引記録を見せてもらえることになった。取引記録を外部の人に見せるなど、もっと渋られるのかと思っていたのだが、むしろ工房側は「ぜひ来てほしい」という協力的な態度だった。

　というわけで、ジュドルが働くコールス硝子工房の事務室の一角を借りて、リヒターとシルバー、ついでにステラは記録書類をひっくり返している最中である。ちなみにアグレルは体調が回復しても外に出る気はないらしく、宿で留守番をしている。

「お手伝いは必要ありませんか？」

　ニコリと微笑む女性に、リヒターが軽く笑みを返す。

「ありがとうございます、助かります。……ですが、無理はなさらず、そちらの業務に支障の出ない範囲でけっこうですので」

「大丈夫です！　こっちの業務なんてどうでもいいので！」

　どうでもいいはずはないのだが、先ほどから似たようなことを言いながら何人もの従業員が次々とやってきていた。熱に浮かされたような表情からして、どう考えてもリヒターとシルバー目当てである。

　実のところステラも面食いなので、見目《み》麗《うるわ》しい姿を拝みたいという彼らの気持ちはよくわかる。でも――と、ステラは同じ作業机を囲んでいる人物のほうをちらりと窺う。ここに、オーナー兼工房長のコールスもいるのだ。

目の前で先ほどのような発言が飛び交うので、彼は先ほどからこめかみを押さえていた。

職人気質のコールスは人相も口調も無愛想でキツい。ときおり「自分の仕事に戻れ！」と雷を落とすのだが、従業員たちは怒鳴られることに慣れているらしく笑いながら散っていき、そしてしばらくすると再びやってくる。コールスのほうも声が大きいだけで別に怒っているわけではないようで、苦笑いしながら彼らを受け入れている。

結果として、大きな声に慣れておらず、シルバーほど肝が据わってもいないステラだけが、怒鳴り声が響くたびにビクビクと身を縮こめることになるのだ。

「ステラ、少し休憩してきなよ」

会計の知識などないステラは簡単な数字の付け合せをしているだけなのだが、慣れない数字をにらみながら怒鳴り声にも構えるというのは、だいぶ神経を使う。そんなステラの疲弊に気づいたシルバーが声をかけてくれた。

そしてその声で、手伝いを申し出ていた女性従業員の一人がステラを見た。

「あ、じゃあよかったら息抜きがてら、工房の方のぞいてみる？」

「え、いいんですか？」

「もちろん。うちは普段から一般見学もできるんだよ」

ニコリと微笑む彼女は職人で、たしか先ほどここに来たときにエリンと名乗っていた。普段から見学客の案内を担当しているのだという。

「ぜひお願いします」

「任せて。それじゃあオーナー、案内してきますね」

「おう、行ってきな」

ステラはシルバーとリヒターに手を振って、エリンと一緒に工房へと向かった。

コールス硝子工房の事務所は二階にあり、一階が店舗と工房になっている。ついでに言うと、三階より上には住み込み従業員の部屋があるらしい。

階段を下りて、工房に続く扉の取手に手をかけたエリンがニヤリと笑みを浮かべながら振り向いた。その笑みに嫌な予感がして、ステラはピタリと足を止める。

「ね、ステラちゃんはシルバーくんと付き合ってるの？」

「いえ⁉まったくそんなことないですけど⁉」

嫌な予感は当たったが、内容が予想を超えていて、思わず声を裏返らせた。てっきり「シルバーくんのこと好きなの？」と言われると思っていたのに、その一歩先だった。

「ふーむ、じゃあジュドルにもまだ望みはあるってことかな？」

「ジュド？……がなにか？」

エリンの言う『望み』という言葉の意味するところがわからず、ぱちぱちとまばたきをしながら首をかしげたステラの様子に、エリンは「あちゃあ……」と額に手を当てた。

「あー……ないのね……うぅん、気にしないで。ええっと、ジュドルとは幼なじみなんだっけ」

「はい。ジュドは村の子どもの中で一番年上だったので、近所の子どもたちをまとめて面倒見てたんです。私もその中の一人です」

「なるほど、あいつ面倒見いいもんね」

「そうですね。私は年が近かったからけっこう意地悪されましたけど、小さい子には優しかったから人気ありましたよ」

「年が近かったからか……ジュドルってばヘタレだなあ」

エリンは苦笑しながら扉を引き、足を踏み入れると同時に、工房の中の人々に向けて大きな声で呼びかけた。

「はーい、注目。ジュドルの幼なじみちゃんが見学に来たよー」

「えっ」

工房見学というので、職人たちが作業しているのを端っこのほうで見るだけだと思っていたステラは、四方から一気に注がれた視線にヒエッと固まった。

「お、噂の？」

「おー、ホントに同じ色じゃんすげえ」

固まっているステラにはお構いなしに、ちょうど休憩中だったらしい職人たちがわらわらと集まってくる。それも口々に「この子が例の」とか「噂の幼なじみか」とかいう言葉をかけてくるのだ。

「あの……噂って？」

リヒターやシルバーがその美貌で噂になるならわかるが、ステラはジュドルと知り合いだというだけで、噂になるような要因が思い当たらない。もしもジュドルがステラについてなにかを言うとしたら、恐ろしく不器用、料理が壊滅的、武器を隠し持っている、のうちのどれかだろう。――まあ最後のは少し話題になるかもしれない。

「ジュドルの作った『春』の花の色が――ぐえ」

ステラの問いかけに答えようとした職人の喉からカエルが潰れたときのような声が漏れた。駆け寄ってきたジュドルに後ろから襟首をつかまれ、力いっぱい引っ張られたのだ。

「なんでもない。はい散った散った！　仕事しろよ！」

ジュドルは襟首をつかんだ手を離し、シッシと手を振って追い払おうとする。首を絞められた職人の男は首をさすりながら、ジュドルに恨みがましい目を向けて口をとがらせた。

「なんだよヘタレめ」

「うるせえ！」

職人に怒鳴ったジュドルの額を、エリンがペチンと叩く。そして彼女はステラをビシッと指さして眉を吊り上げた。

「もう、大きな声出すなって。ステラちゃんが怖がるでしょ。さっきも事務室でオーナーが怒鳴りまくるからステラちゃん怖がってたんだよ？」

「……怖がる？」

お前が？　とばかりに疑わしげな目を向けられ、ステラは肩をすくめた。

「怖いっていうか、びっくりした」

「ああ、声がでかいからな。そんなの怖がるほどかわいげはないよな、お前」

鼻で笑ったジュドルの態度に、エリンが「はあー？」と眉を吊り上げた。

「女の子に向かってなんて言い草なのさ。美少年くんはステラちゃんを心配して『休憩してきなよ』って声をかけたってのに、どうしてジュドルはそういう気遣いできないのかね」

「なんでそこであいつが出てくるんだよ。よけいなお世話だ」

腰に手を当てたエリンに下からにらまれて、ジュドルは顔をしかめた。そのジュドルの肩を、横からやってきた別の職人がまるで慰めるかのようにぽんぽんと叩く。

「男は見た目じゃないってジュドルを励まそうと思ったのに、美少年くん、顔がいい上に優しいなんて完璧すぎじゃん。完全に負けじゃん」

「まじうるせえ……」

ジュドルは苛立たしそうに頭をガシガシとかきながら、はああ……と深いため息をついた。

そして職人たちを無視することにしたのか、肩に置かれた手を振り払ってステラのほうに体を向けた。

「そういえばステラ。お前なんであいつらと一緒にいるのか、昨日ちゃんと答えてないよな。なにがどうしたら辺境の一村人が、あんな超有名な一族と一緒に行動することになるんだよ。なんか厄介事に巻き込まれてないだろうな」

蒸し返された質問に、ステラは眉根を寄せる。心配してくれているのはありがたいし、説明をしようと思えばできるが――。

「うーん、あえて言うなら……うちのお父さんのせい？」

「……え……おじさん、見つかったのか？」

「ううん、まだ。でもお父さんの実家の人が来て……ちょっとね、いろいろ。ユークレースの人たちには、その関係で縁があって助けてもらってるんだ」

ステラの父親が失踪していることは当然ジュドルも知っている。こうやって濁《にご》しておけば空気を読んで、これ以上突っ込んで聞いてこないだろう。そう踏んでステラが意味ありげな伏し目をしてみせると、予想どおりジュドルはきまり悪そうな表情を浮かべた。

「あー……まあいろいろあるか」

周りの人々も短い会話の中からなにかしら察したらしく、顔を見合わせていた。

（おっと、ちょっと微妙な空気にしすぎちゃったかも……）

「うん。――ね、そんなことより、せっかくだからガラス細工してるところ見たい」

「お、おう」

ステラが、全然落ち込んでませんよと言う代わりにニッと笑顔を作って明るい声を出すと、みんなほっと頬を緩めて「じゃあ仕事するかあ」とそれぞれの持ち場に戻っていった

＊＊＊

しばらく作業を見学させてもらい、ついでに吹き硝子を体験させてもらって——残念ながらその硝子は膨らむことなく、ぐにゃりと曲がってしまった——から事務室に戻ると、そちらの作業はすでに佳境に差しかかっていた。

ステラのいない間に手の空いたアデルが手伝いに入り、ベテランの実力を余すことなく発揮してくれたらしい。

そのあとはステラが手を出す余地もなく、日が傾く前には工房から引き上げることができた。


「——で、結局成果はどうだったんですか?」

宿に戻って男性陣の部屋を訪ねたステラはベッドに腰掛けると、早速気になっていたことを尋ねた。

ただ言われるままに数字を比較して、合わないところがあったら日付や明細を書き留めていただけのステラには事態の全容がまったくつかめなかったのだ。自分が役に立っていたのかどうかすらもわからない。

まだ何事かの書類仕事をしていたリヒターが手を止め、ステラを見て微笑んだ。

「うん、上々だよ。他の工房でも同じような記録が出てきたらなおよしって感じだね」

他の工房と言っても、どこが信用できるのかリヒターたちにはわからない。だが、今回協力してくれたオーナーのコールスが仲間に声をかけてくれると請け負ってくれたため、少しの間その返事待ちをすることになっている。

「でも……不正な金銭の流れが見つかったっていうことは、協会の人が横領してたってことですよね。協会のトップがユークレースってことは……例の、悪いユークレースの人ですか？」

ユークレース一族の中にはよからぬ人たちがいるらしいので、きっとそういう人たちが横領したのだろう。

そう思って聞いたのだが、リヒターは笑いながら頭を振った。

「悪いユークレースって。ま、一族の中にろくでもないのがいるのはたしかだけど、さすがに大事なビジネスをまとめる立場におかしな人間は選ばないよ」

「あれ。じゃあ下の人たちが隠れて悪いことをしてたんですね。……それはそれで、監督責任がありますけど」

「なかなか厳しいね。でもそのとおりだ。――ただね、責任者をかばうわけじゃないけど、本来は優秀な人間なんだ。ただ……半年くらい前に娘さんが家出しちゃったらしくてね。夫婦揃ってショックで倒れてしばらく寝込んだらしいんだ。今まで厳しく監視していたトップと、会計を掌握していた奥さんが一緒に数日間不在になっちゃって、その混乱の隙を誰かに突かれたって感じでさ」

「家出……？」

横領を見逃した原因が、まさかの家庭内不和の混乱によるものだとは。

たしかに大変ではあるが――さすがのステラも呆れて次の句が出てこなかった。

「家出娘が心配なのはわかるが……そのくらいで二人揃って何日も寝込むというのはさすがにオーバー

というか、過保護すぎじゃないか？」

興味なさげにしていたがきちんと聞いていたらしいアグレルも、ステラと同じように呆れた表情を見せていた。それに対して、リヒターは「言いたいことはわかるよ」とうなずいて苦笑を浮かべた。

「普通ならそうだね。でも理由が……駆け落ちなんだよ」

その言葉で、ステラの隣に座っていたシルバーが珍しく「は？」と驚きの声を上げた。

シルバーは外でくっつけない分を補うつもりなのか、現在はぴったりとステラの横にひっついている。相変わらずのゼロ距離だ。

「あそこの娘って、十代前半――少なくとも私より年下だろ？」

「そうだよ。正確には十二歳だ」

「じゅうにっ……!?」

リヒターが口にした数字に、ステラは自分の耳を疑う。

アグレルもぽかんと口を開けて、呻《うめ》くようにつぶやいた。

「そりゃあ……寝込むのも仕方ないな」

「だよねえ。ちなみに相手は自称船乗りの青年で、たぶん二十歳過ぎ。二人が連れ立って船に乗っていくのを見た人がいて、その船の寄港先を中心に現在も捜索中。ただまだ見つかってないところを見ると、どこかで別の船に乗り換えたのかもしれないね」

「そ、それにしても駆け落ちって……ええと、ご両親はこう……お付き合いすることも許さなかったんですか？」

年齢差を考えたらそれが当然かもしれないが、なにせ、『ユークレース』の娘だ。強固に反対しても反発するだけだというのは、両親もわかっているだろうに。

「うん……運命的な出会いで恋に落ちて、出会って数日で結婚するって言い出して、それで反対されて思い余って駆け落ちっていう流れだったと」

出会って数日の男性と結婚――お互いが大人であればそういうこともあるだろうし、情熱的だといえるかもしれない。

だが、一方は十二歳の少女で、もう一方は成人男性ときたら、それはどう考えても……。

「……相手の男性はまともな人なんですか……って、まともな大人は十二歳の子どもと結婚しようとしたり、駆け落ちしたりしないですよね……」

「はは、どう考えてもまともじゃないだろうね。ほぼ間違いなくユークレースの特徴をよく知ってる人間が仕掛けた罠、要はハニートラップだ」

「混乱を招くために十二の子どもを口説いて連れ去ったんですか……？　それにユークレースの事情を知っていてよくもそんなことを……」

ユークレースの呪い――精霊の寵愛を受ける代わりに一人の人間しか愛せない。

相手が自分を利用することだけを目的としていても、ユークレースの血を引く少女が甘い言葉を囁《ささや》かれて本気でその男を愛してしまっていたなら、彼女はもう他の相手を愛することができないのだ。

幼い少女に対して、あまりにも残酷な仕打ちだ。

「犯人の目星はついてるのか？」

「今のところ証拠はないけど……糸を引いてるのはダイアス家だろうなと考えてる。まあその後ろもあるかもだけど」

「ダイアス家って、なんですか？」

はじめて聞く名称にステラは首をかしげる。案の定アグレルからは「そんなことも知らないのか」

と言わんばかりの視線が飛んできたが、知らないものは仕方がない。

「ユークレースと敵対してる家だよ。この国には特殊な能力を持ってる家系がいくつかあるって前に教えたの、覚えてるかな?」

「はい」

「ダイアスもその一つでね。手先が器用で物作りに長けている人たちなんだけど、彼らは精霊術の恩恵を一切受けられないんだ」

クリノクロアが自身の生きる時間を犠牲にして精霊を救わなければならないのと同じように、特殊な能力を持っている家系はなにかしらの『呪い』とも言える業を背負っている。

リヒターの言い方からして、ダイアスにとっては、精霊術の恩恵を受けられないというのがそれに当たるということらしい。

「それがダイアスの呪い?」

「そう。だから、彼らはユークレースが嫌いなんだよ」

八つ当たりだけどね、とリヒターは苦笑した。


クリノクロアとダイアスは、精霊の恩恵を受けられないという点でよく似ている。

その二つの家系の決定的な違いは、クリノクロアが精霊に恐れられつつも敬われているのに対し、ダイアスは徹底的に嫌われているというところである。

たとえば精霊術で攻撃された場合、クリノクロアの人間であればほぼ無効化されるのだが、ダイアスの人間は通常よりも大きなダメージを受ける。まったく同じ攻撃であっても、ダイアスが受けるときだけ威力を増すのだ。

さらに、クリノクロアの人間が精霊術を使っている人に近づいた場合、精霊が逃げ出してしまうため、術の威力が弱まる。しかしそれがダイアスの場合は、精霊たちが苛立ってしまい、術が制御しにくくなる。精霊術が暴走して怪我人が出た、という事故も過去に数回起こっているらしい。

そんなダイアス家だが、彼らには精霊の恩恵と引き換えに手先の器用さと、他の追随を許さない創造力があった。

彼らはドレッセルという町を拠点にして機械製品の開発に力を入れ、現在は『精霊術が使えなくても便利な暮らしを』という売り文句で、主に精霊術士の少ない地方部における顧客を増やしているのだという。

「そのダイアスの人が……ユークレースへの嫌がらせのために子どもを連れ去って、サニディンの工房からお金を巻き上げてるんですか？」

「たぶん。――でも横領の実行犯は協会内部の人間だろうから、尻尾をつかむのは難しいと思う。ダイアスは口もうまいから、甘い話で唆《そそのか》して他人を動かすのも得意なんだよ」

「内部の人を唆して横領させて……そのお金が目当てっていうわけではないですよね。そんなに巨額ってわけでもないし、わざわざそんな面倒なことをするメリットがわかりません」

自分が手を汚さないとしても、犯罪は犯罪だ。関与をうまく隠し通すのだって労力が必要なはずである。首を捻るステラに、リヒターは困ったように笑った。

「狙いは協会の信用に傷をつけることかな。横領を続けて、ある程度事態が深刻になったところで、第三者を通じて告発するんだ。協会に対する工房の人々の不信感を煽って、二者の関係に溝を作るのが目的だろう」

「つまり協会に打撃を与えたい？」

「そう。うまくいけば精霊術士協会は顧客をごっそりと失って解体することになるかもしれない。そうしたらユークレースは、今までおさめられていた収益の一部が入らなくなる。加えて、ここの協会に所属している精霊術士たちが一度に路頭に迷えば、それを保護するユークレースも大きなダメージは避けられない」

「でも、関係に溝ができても、船の運行や炉の火力調節には精霊術士の力が必要ですよね？　顧客がごっそりいなくなるってことはないんじゃないですか？」

「そうだといいんだけど、そこに代わりとなる技術を提供するのがダイアス家のやり口だよ。新型の電気炉や高効率の内燃機関を積んだ船なんかを売り込んでくるだろうね」

「……なるほど」

ステラはむうと眉を寄せた。

きっとステラが知らないだけでダイアスとユークレースの争いが何度もあったに違いない。リヒターはどこか諦めたふうだし、シルバーに至っては興味を失ったらしく、ステラの髪を編み込みにして遊んでいる。

ダイアスはダイアスで、自分たちの生きやすい世の中を作りたいのだろう。それは理解できるし、地方部に精霊術士の素質を持った人間が少ないことを考えても、いつかは精霊にまったく頼らずに暮らす世の中が来るのかもしれない。

だが――やり口に問題がありすぎる。

簡単に言ってしまえば、犯罪教唆して問題を起こし協会と工房を反目させ、その隙に自分たちの製品を売りつけようとしているわけだ。ダイアスは憎いユークレースに損害を与えて、かつ製品の売上で利益を手にすることができる。

損をするのは真面目に働いていた精霊術士と、新しい機材の導入費用を工面しなければならない工房。

それにもちろん、現在行方不明になっている少女の無事も気になる。

「とりあえず僕にできることは、ダイアスが次の手を打ってくる前に横領の証拠を固めて、関係者を処罰し、協会と工房との関係悪化を可能な限り防ぐことだ。ステラのおかげでコールスさんの信用と協力が得られたから、状況は悪くない」

「コールスさんにお願いしたのはジュドだし、ジュドに話を持ちかけたのはシンだから私の手柄じゃないですよ」

ステラがふるふると頭を振ると、髪を編み込んでいる途中だったシルバーにガシッと顔の方向を固定されてしまう。

「ぐえ」

「ステラがいなかったら、ジュドルは話を聞いてくれなかったよ」

再び髪をいじりながら、シルバーがつぶやく。

「そうかな。ジュドは曲がったこと嫌いな性格だから、不正の証拠を調べるって説明したらなんとかなったんじゃない？　それとか他の――たとえばアデルさんにお願いするとか」

「ジュドルは野良猫みたいに警戒心が強い。ステラが私に気を許してたから会話に応じたんだよ。それに、そういうジュドルが話を持っていったから工房の人たちも協力してくれた」

「野良猫かぁ……ジュドはどっちかっていうと猫よりも犬っぽいけどな」

ジュドルを動物にたとえるなら、自由気ままな猫よりも、気性は荒いが飼い主に従順な大型犬のイメージだ。

ステラがそう言って笑うと、シルバーはムッとした顔で――おそらくわざと――髪の毛を一本、ピッと引っ張った。

「痛っ」

「犬なら野良犬」

「どうしても野良にしたいんだね……」

「そんな犬のことよりもステラ、髪の毛編み終わったから出かけようよ」

「え？ 出かけるの？ 今から？」

「うん。昨日ランプの点灯に間に合わなかったし、船も見てない」

シルバーの言うとおり、昨日はジュドルとの話が終わって店を出たときには、すでにランプが煌々と光を放っていた。

サニディンにおけるステラ最大の目的だったというのに、肝心の一斉点灯の時間に間に合わなかったのだ。そして、暗くなってしまっていたので船の見物も諦めていた。

「行く！ ――リヒターさん、行ってきてもいい？」

「いいよ。気をつけてね。大きな船は明日出航するっていってたから、今日が最後のチャンスかもね」

「じゃあ急がなきゃ！」

ぴょこんと立ち上がったステラは、シルバーを追い立てるようにせかしながら、再び町へと繰り出した。

＊＊＊

外は薄闇が落ち始める時刻で、仕事帰りの人と観光客とが入り混じって、路地に並ぶ屋台をにぎわせていた。

ランプの点灯時間ははっきりと決まっておらず、その日の点灯担当者の気分次第で前後するらしい。

そのため、観光目的の人々は暗くなり始めると、いつになるかわからないランプの点灯を待ちながら、なるべく多くのランプが見えるスポットを探して町の中を練り歩くことになる。

そんなふうにさまよう人々を目当てに屋台がひしめき合うものだから、大通りは昼間と比べ物にならないくらいのにぎわいを見せる。

とはいえ、町が見渡せる高台や、建物の影がかかって特に美しく見える路地——などの絶好のスポットは当然すでに有名になっているので、大半の人々はそちらへ集中する。

つまり無秩序な群衆と見せかけて、実は有名スポットへと向かういくつかの大きな流れがあるのだ。

——そんなことを知る由もない辺境出身のステラは、なすすべもなくその流れの一つに巻き込まれ、あっという間に連れ去られてしまった。


「予想はしてたけど、面白いくらい見事に流されてたね」

「……予想してたんだ」

すぐに気づいたシルバーが腕をつかんで引っ張り出してくれなければ、今頃ステラはもみくちゃにされてボロボロの状態で高台の上から一人さみしく町を見下ろしていただろう。

早々に移動を諦めて壁に寄りかかっていると、頭上でほわりと優しい光が灯った。

「あ、ついた」

視線を上げたステラの目の前で、町中に吊るされたランプが次々と光を宿していく。

あたりはさっきまでほんのり暗かったというのに、今は見回す限りどこもオレンジの暖かな光で照らされている。

その幻想的な光景に、あちらこちらからため息のような歓声が上がった。ステラも思わず声を弾ませる。

「すごい！　こんなにいっぱいあるのに、本当に一斉に灯りがつくんだね」

たくさんのランプにどうやって一斉に灯りをつけているのか、という方法はリヒターに教えてもらって知っているのだが、それでも自分の目で実際に見ると迫力が違う。ステラが興奮気味にシルバーを見上げると、彼もやや興奮していたらしく、いつもとは違う無防備な笑顔が返ってきた。

「うん。ここまで数が多いと壮観だね」

「そうだね……」

（あれ？）

珍しく年相応の無邪気な笑顔を見せたシルバーの、白金の髪がランプの光でキラキラ輝いている。

――いや、髪だけではなく、なんだか全体的にキラキラして見える。

（ランプの光のせい？　それとも目がおかしい？）

まばたきをしてみても、手の甲でぐしぐしと目をこすってみても見え方は変わらない。

「ステラ大丈夫？　目にゴミが入った？」

心配げなシルバーの手が伸びてきて、ステラの頬にそっと触れる。

その瞬間に。

ドクンと一つ大きく心臓が脈打って、

目に映る世界が鮮やかに色づいた。

「あっ……ち、違うの、大丈夫」

原因不明だけど、世界のすべてが鮮やかに輝いて見えるだけだから。

そんなことを言えるわけもなく、ステラはとっさに背をそらしてシルバーの手から逃げ出す。

それから、両手で顔を覆ってうつむいた。

とにかく、落ち着いて事態を把握しなければ。突然色彩を感じる力が向上したわけではないだろう。

それに、今まで見えていた世界がくすんでいたわけでもないはずだ。だからきっと――これは、ステラの気持ちの問題である。

(恋に『落ちる』って、こういうことか……!)

でも、なぜ、急に、こんなふうに。

というよりもむしろ今まで、どうしてなんとも思わずに、あんなに平気な顔でシルバーの隣にいられたのかがわからない。

落雷のように自覚してしまった恋心のせいで、今はまともにシルバーと会話できる気がしない。

とにかくいったん落ち着こう。落ち着こうと考えるのは二回目なのが落ち着けていない証拠だ。こういうときは遠くに目を向けるのがいい。大通りを歩く人たちを観察してみるのもいいだろう。

そう思ってこっそりと深呼吸しながら視線を通りへ向けると、前を通る人々がかなりの確率でこちらに目を向けているのに気づいた。こちらに、というか――みんな、シルバーを見ているのだ。

(そりゃあみんな、こんな美少年がいたら見ちゃうよね!)

わかるー。とステラがうなずいている脇で、手を避けられてしまったシルバーは所在なさげに手を下ろしてステラの視線を追い、そして特にうなずくような要因を見つけられないままステラに視線を戻した。

「どうしたの？　いつも以上にちょっと変だよ」

さらりと失礼な言葉を挟みつつも、シルバーは心配げにステラを見つめて小さく首をかしげた。女の子のふりをしていた名残でやや女性らしいその動きが、彼にかかるとやたらと色っぽく見える。

そして、ちょうどこちらに向かって歩いてくる少女の二人組がシルバーのその仕草に気づき、ちらちらと視線を向けながらきゃあきゃあと小さな歓声を上げているのが耳に届いた。

その瞬間、ステラの中でなんとも言えない不快感がこみ上げてくる。

「……シン」

シルバーの視線がその少女たちのほうに向かないように。彼女たちが一番近くに差しかかる少し前に、彼の名前を呼んで手を握った。

「――手、繋がないんじゃなかったの？」

ステラの突然の行動に目を丸くしたシルバーが、呆然とした様子でつぶやく。

「………人がいっぱいいるし、きっと精霊だっていっぱいいるからちょっとくらいわかんないよ。だから、いいの」

決まり悪げに口をとがらせたステラの言い分にシルバーはぱちぱちとまばたきをして、それからふっとくすぐったそうに笑った。

「そうだね。――このまま、人の多い通りを選んで帰ろうか」

「うん」

＊＊＊

自分の部屋に戻ったステラは、着替えるのももどかしくそのままの格好でベッドに上がり、毛布の上に正座した。

そして、ぼふんっと顔面からベッドに倒れ込む。

(今まで散々知らんぷりしてたくせに、いきなり意識して、しかもその途端に見知らぬ人にヤキモチを焼いて自分のものアピール……)

控えめに言って、嫌なヤツすぎる。

もちろん先ほどのステラ自身の行動のことだ。

「……ああああぁぁ……」

転がり回って叫びたいくらいに恥ずかしいが、さすがにこんな壁の薄い宿の部屋でそんなことはできない。せめてもの抵抗に、枕を顔に押しつけて呻き声のような、悲鳴のような声を上げる。

自分がシルバーに惹かれ始めていることなど、本当はわかっていた。

ただ、自分で認めないようにしていて、それがどうしようもなくあふれてしまっただけ。今のステラは、認めたくなかったものを認めざるをえなくなってしまったことに動揺しているのだ。

(だって、シンがどう思ってるかわかんないし……)

ステラは、くっと唇を噛みしめる。

出会ってからここに至るまでの間、シルバーはあれだけステラにベタベタとくっついてくるくせに、一度たりとも『好き』に類するような言葉を言ったことがないのだ。

恋愛感情に関わる話だけではなく、今後のステラの身の振り方に関しても、寂しいとか帰らないでとか、そういったたぐいの言葉も言われたことがない。

泣きわめいたリシアはもちろん、アルジェンですら「辺境じゃなくて家族連れてこっちに移り住みなよ。こっちには文明があるぜ」などという失礼な言い回しで離れることを惜しんでくれたというのに。

つまるところ、周りがなんと言おうと、『ひっついてくるのは単に彼特有のコミュニケーション方法であって、別にそこに特別な感情などない可能性』を、ステラはいまだに捨てきれていないのである。

少しだけ落ち着いたステラは枕を抱きかかえて、深いため息とともにベッドの上でゴロンと転がった。

（……でも、たぶんそれだけじゃない）

ステラは十年間、ずっと帰ってこない父を待ち続ける母の姿を見てきた。

ステラは——そして母ですら、父と過ごした時間よりも、帰りを待った時間のほうが長くなってしまった。

ステラたち母子を心配した周りの人たちから、「もう諦めて新しい人生を送りなさい」と度々説得されても決してうなずかず、気丈に振る舞っていた母が、本当は何度も一人で泣いていたことをステラは知っている。

あんなに深く想っていても、父は消えてしまった。

もしかしたら、父は母を愛していなかったのかもしれない。

それでも母はきっと一生待ち続けるのだろう。父を——レビン・リンドグレンを愛しているから。

ステラにとって愛や恋は、そんなふうに『独りで泣くもの』だった。

だから、自分が誰かを好きになることが怖い。

だから、認めたくなかった。

それでも容赦なく、落ちてしまうのが恋だなんて。

「明日からどんな顔すればいいの……」

思わず口から漏れた、誰も答えてくれないその問いは、耳から頭の中に戻ってきて一晩中反響し続け、結局ステラはその日、一睡もすることができなかった。

――もちろん、眠れずとも夜は明ける。

大きく開けられた窓からはぽかぽかと暖かな春の日差しが降り注ぎ、吹き込む風がやわらかく頬を撫でて通り過ぎた。

まるで柔らかな羽毛の中に埋もれているかのようなふわふわとした心地よさに、知らず知らずのうちにステラのまぶたは下がっていく。

そして――。

ゴッ

「ぅえっ？」

「やると思った」

側頭部に衝撃を感じて目を開けたステラは、自分の置かれた状況が把握できないまま、声のしたほうへ目を向けた。

そこにはアグレルが立っており、いつもどおりの険しい目つきでステラをにらみつけていた。彼の手には、ステラが読んでいたはずの本がおさまっている。

「……本、あれ？」

「この本はお前が床に落とした。そしてお前自身はよだれをたらしながら船を漕いでいた」

そう言いながら、アグレルはステラの膝の上にボスッと本を投げてよこした。

どうやらステラは長椅子に座って読書をしていた途中でうたた寝をして、横に倒れた拍子に肘掛けに頭をぶつけたらしい。

のっそりと体を起こすと、ちょうど頭がぶつかったあたりにクッションが置かれていた。そのおかげでぶつけた頭はそれほど痛くない。

——たしかこのクッションは別の場所にあったはずなので、アグレルが気を遣って置いてくれたのだろう。

「アグレルさんってツンデレですよね……」

「……意味はわからないが、侮辱と受け取っておく」

「やだなあ、誉めてるんですよ。クッションありがとうございます」

くあぁとあくびをしながら立ち上がったステラは、大きく体を伸ばした。

あんなに悩んで寝不足になった原因であるシルバーとは、幸いなことに本日は別行動である。

今、リヒターとシルバーは、件《くだん》の娘が駆け落ちした親戚のところへ顔を出しに行っている。つまり、サニディンの精霊術士協会の本部だ。

精霊術士の拠点とも言えるそんな場所に、クリノクロアのステラがひょこひょことついていくことはできないのため、宿で留守番をすることになったのだ。

そして暇を持て余し、本でも読もうかと思って数ページめくったところで眠ってしまった——というのがここまでの経緯だ。

「そんなに眠いならおとなしく自分の部屋に戻って寝ていろ。どうせリヒターたちはまだ戻ってこないだろう」

「うむう……そうですね。いったん戻って……」

そこで、見るともなしに目を向けた窓の外に、果実水の屋台が出ていることに気づいた。

「あ、ジュース買ってこよう。アグレルさんもいりますか？」

レグランドにあった店と同じように、精霊術で作られた氷を使い冷やされた果実水は、寝起きの喉の渇きにぴったりだ。

レグランドの屋台では木のカップに入れて提供されるのだが、ここサニディンではきれいな色硝子のコップに入れてくれるので、見た目も楽しめる。しかも何種類もある果実の果汁から自分で選んで、ブレンドしてもらえるのである。

「いらん」

「冷たくておいしいのに……まあいいや、あれ飲んだら部屋戻って寝ます」

ステラはあくびを噛み殺し、どんなブレンドにするかを考えながら、鼻歌交じりに宿の階段を下りていった。

＊＊＊

「……あれ、ステラは？」

部屋に戻ってきたシルバーは、手に持っていた袋をテーブルの上に置いて、アグレルに目を向けた。

「ふん、戻ってきた早々にそれか。ステラ・リンドグレンなら自分の部屋で寝てる」

アグレルの返事を聞くと、シルバーは返事もせずにさっさと部屋を出ていく。

基本的にステラがいなければシルバーはにこりともしないし、無駄な言葉も発しない。特に第一印象の悪いアグレル相手には話しかけることすらまれなのだが、わざわざ聞いたということは、ステラに用事があって探しているのだろう。

すぐに隣の部屋の扉をノックする音が聞こえてきて、アグレルは肩をすくめる。

寝てるのに容赦なく起こすんだな……と思わなくもないが、ステラが寝るといって出ていってからだいぶ時間が経っている。いい加減、起きてもいい頃だ。

――だが、数回目のノックの音が聞こえてきたところで、アグレルはおや？と違和感を抱いた。

今日は妙に眠そうにしていたが、これまでの様子を見る限り、ステラは寝起きの悪いタイプではない。シルバーも同じように不審に思ったらしく、ノックの音が強くなっていく。

さすがに扉を壊しはしないと思うが――面倒だが万が一のときに一応止められるように、とアグレルは重い足取りで部屋の出入り口へと向かった。

「その部屋のお嬢さん、二時間くらい前に出かけていって、まだ戻ってきていませんよ」

そこで、聞き覚えのある男の声が聞こえてきた。この声は、いつも宿の受付にいる従業員だろう。

アグレルが部屋から顔を出すと、やはり見覚えのある男が従業員用通路から出てくるところだった。

移動中にたまたま扉をノックするシルバーに気づいたらしい。男は少し心配そうに、ステラの部屋の扉に目を向けた。

「――出かけた？」

「ええ、お嬢さん一人で出かけるのは珍しいので、『今日は一人ですか』と聞いたら、『すぐそこの屋台に行く』って言って……でも、少なくとも僕がさっき受付を交代するまでは帰ってきてないです」

「……」

黙り込んだシルバーの周りで、ザワッ、と空気が揺れる。

比喩ではなく、実際にシルバーの周りでかすかに風が巻き起こっているのだ。アグレルは大股でシルバーに近づくと、彼の襟首をつかんだ。と、同時に風がおさまる。

「落ち着けシルバー」

「――ステラがなにも言わずに、長時間出歩くはずがない。なにかに巻き込まれたんだ……」

なかばうわごとのようにつぶやいたシルバーの顔は、真っ青だった。

一人で動き回るな、と事前にリヒターから何度も警告を受けているにもかかわらず、あえて一人で行動するほど向こう見ずな娘ではないことはアグレルにもわかる。ほぼ間違いなくなにかの事情があって、戻ってこれない状況なのだ。

「あいつは果実水の屋台に行って、すぐ戻ると言っていた。屋台の人間に見ていないか聞きに行くぞ。……もしかしたらまだそこにいるのかもしれないし」

「……わかった」

アグレルが言い聞かせるように言うと、シルバーは深呼吸をしてから一度固く目をつむり、そして静かにうなずいた。

第四章　編み直す者

真っ青な顔色のエリンに手を引かれて、ステラがたどり着いたのは、川沿いの倉庫が並ぶ区画だった。ここからは倉庫が邪魔で見えないが、この向こう側に、昨日眺めた大型船が停泊しているはずだ。

強く握られすぎた手首は血が通わず、軽くしびれて冷たくなってきている。だが、それよりもエリンの手のほうがはるかに冷たく、氷のように冷え切っていた。

呑気に果実水を飲んでいたステラのもとにあらわれたエリンが、震える声で「なにも言わずについてきてほしい」と勢いよく頭を下げてから、二十分ほど歩いただろうか。

屋台にあらわれたときから、歩いている間もずっと、エリンの視線はキョドキョドと周囲を窺っている。近くでステラたちを見張っている者がいるのかもしれない。

エリンはその見張っている『誰か』に脅されてステラを攫《さら》いに来たのだろう。そしてその行き先は、船に積む荷を置くための倉庫――。

（大型船は今日出港だから、きっと荷を積むのはもう終わってるはず。それなら倉庫には人が出入りしない可能性が高い……ってことは監禁目的？）

エリンがあまりにも必死な表情で「なにも言わず」と言ってきたため、ステラは宿に伝言を残すこともできなかった。せめてもの抵抗に、屋台の店主へコップを返却する際、いつも身につけているヘアピンと銀貨を一枚押しつけてきた。

店主にこちらの意図が伝わっていれば、探しに来たシルバーたちにヘアピンを渡してくれるだろう。

愛用品さえあれば、シルバーやリヒターなら精霊術で追跡ができるはずだ。あの屋台にはシルバーと一緒に行ったことがあるし、店主は小さくうなずいてくれたので、わかってくれていると思いたい。

(犯人の候補は……ユークレースのご親戚、精霊術士協会の横領実行犯、それとダイアス家あたり？……でも、なんで私なんだろう)

ユークレースの親戚の目的はステラにはよくわからないのでなんとも言えないが、少なくとも精霊術士協会とダイアスにとってステラなど完全にイレギュラーな存在だろうし、ステラが誰で、なんのためにリヒターたちと一緒にいるのかすらわからないはずだ。そんな人物をわざわざ狙って連れ去る理由がイマイチわからない。

「……ごめんね、ごめんねステラちゃん……」

立ち並ぶ中でもひときわ古びた外観の倉庫の前で足を止めたエリンが、小さな独り言のように囁く。同時に、手首をつかむ力も少し緩んだ。

「——言われたとおり連れてきたよ」

エリンが声をかけると、内側から重い音とともに扉が開かれた。

扉を開けたのは、ローブをまとってフードを深くかぶった人物だった。体格からして男だろう。口元は布で覆い、目だけがのぞいているという徹底ぶりである。

男は声を発することなく、首の動きだけで中に入るよう示した。

(……血の匂いがする)

中に足を踏み入れた瞬間、かすかに血の匂いを感じて、ステラは眉をひそめた。入ってきた扉はすぐに閉められてしまい、こもった温かい空気のせいでなおさら匂いを強く感じる。

「ねえ……この匂い、なに……？」

エリンも少し遅れて匂いに気づいたらしく、ローブの男を振り返った。彼女の声は頼りなく揺れて、ステラの手を握っている手もガタガタと震え始めている。

「よけいなことを言うな」

ローブの男は吐き捨てるようにそう言うと、エリンを押しのけてステラの前に立った。そして、ステラの顎をつかむと、ぐいっと引っ張って顔をのぞき込んだ。

「たしかにこいつだな。手を縛って口をふさいでおけ。二人ともだ」

男の言葉で、通路の奥から同じローブの人間が三人やってきて、ステラは真っ先に布を噛まされた。精霊術を警戒してのことだろう。だが、警戒しているにしてはいまさらだし、それに縄で一生懸命腕を縛っているものの、縛り方があまりうまくないので簡単に解けそうだ。

（なんだろうこの、ずさんな感じ……）

「待ってよ！　この子連れてきたら開放してくれるって言ったじゃん‼」

ステラと同じように口をふさがれそうになったエリンが、怒鳴り声を上げた。

彼女の表情は演技には見えないので、たぶん人質を取られていて、ステラの身柄と引き換えにしてもらう約束だったのだろう。だが――。

「約束どおり開放するさ。あとでな」

かすかに笑いを含んだ男の声の調子からして、開放する気などさらさらなさそうだ。

（まあ普通そうだよね、犯人の声とか拉致場所も知ってるんだから）

ステラはいつもどおり武器を隠し持っているし、相手がこの人数でこの素人具合ならば、逃げ出すことも不可能ではないだろう。

だがやはり人質がいるようなので、せめてその人質の置かれている状況を確認するまではおとなしくしておいたほうがよさそうだ。ステラが逃げ出したせいで誰かが殺されでもしたら、寝覚めが悪いどころの話ではない。

「ほら、さっさと歩け」

手を縛られることに抵抗していたエリンは最終的に足まで縛られ担ぎ上げられてしまったが、しおしおとおとなしく従っていたステラにはそこまで乱暴にするつもりはないらしく、トンッと肩を軽く押されただけで済んだ。

ステラの身長よりも高く積み上げられた木箱の間を、ローブの男の先導で進んでいく。

倉庫の中は広い一つの空間なのだが、木箱を積み上げることでスペースを区切っているらしい。ちょうど正面からは見えないように区切られた奥のスペースに近づくにつれ、どんどん血の匂いが強くなってきた。

知らず知らずのうちに呼吸が浅くなって、背筋が緊張する。

人質がいて、血の匂いがする――。

その人はきっとエリンの知り合いで、おそらくステラにとっても人質の意味がある人物。

木箱の陰に隠れるように倒れた人物の、左腕が切り傷だらけになっているのが見えた。

そしてその手のひらには、刃物を突き立てられたのか、大きな傷口が開いていた。

その脇に大振りのナイフを持った男がいて、まさに今、もう一度それを振り下ろそうとしている。

――痛みに呻いたジュドルと、目が合う。

なにかを考える前にステラは自分の手を拘束する縄を外し、ナイフを持った男に横から体当たりをして突き飛ばした。

男が落としたナイフを足で蹴り上げて空中でつかみ取り、ちょうど横にいた別の男の喉をナイフの柄で強く打つ。

「なっ……病弱なはずじゃ……」

喉を打たれた男がズルリと倒れる姿を見て、先ほどから他のローブたちに指示を出していた男が焦った声を出した。今までまともな抵抗すらしなかったステラが、まさか仲間を倒すなどとは、予想すらしていなかったらしい。

（でも、あと何人？……とりあえず一人はエリンさんを担いでるからあとまわしにして――）

なにも考えずに飛び出してしまったのは失策だった。頭の中の冷静な部分でそう思うものの、だからといってジュドルがこれ以上傷つけられるのを見ていられなかった。

ステラは口をふさぐ布をかなぐり捨てて、まだ立っている人間の動きに神経を集中させる。

「んーー!!」

そこで、エリンが声を上げた。

その声にステラは一瞬気を取られて、なにかを訴えた彼女の視線の先を追う。――彼女が見ているのは、ステラの足下だった。

ステラが見下ろすと、最初に突き飛ばした男が近くまで這い寄ってきており、こちらへと手を伸ばしていた。

「！」

男の手には、なにか小さな機械のようなものが握られていた。気づいたステラが避けるよりも早く、その機械が足に強く押しつけられる。

バチンッ

「ぐっ……」

押し当てられた部位から全身にひきつるような激しい衝撃が走って、一瞬息が止まる。

痛みがどうこうというよりも、筋肉が硬直してうまく動けない。

（衝撃……電気⁉）

少なくとも刃物や精霊術ではない。電気じかけの武器を使われたのだ。

「よくやった！」

ローブの男たちの明るい声と同時に強い衝撃がステラの頭を襲い、そこでステラの意識はぷつりと途切れた。

＊＊＊

暑い。

春なのにアントレルの真夏よりも暑いなんて。

早く涼しいアントレルに帰りたい。

母さんにも会いたいし。

ああでも、帰ったらもうシンには会えないんだっけ。

それなら帰りたくないかも。

……でもレグランドは暑いしなあ。

なんか、ものすごく頭が痛くてうまく考えられない。

それに、ぐらぐらとめまいがする。これも暑いせい？

――ねえ、それにしても暑すぎない？

――あと、パチパチ火が爆ぜるような音がしてない？


（……っていうか燃えてない⁉）


そこに考えが至った瞬間から、油と焦げ臭い匂いが鼻につき始める。

パッとまぶたを開くと、メラメラと燃え盛る炎が目に飛び込んできて、ぼんやりとしていたステラの意識が一気に覚醒する。

（これはどういう状況⁉）

倉庫の中で無謀にも喧嘩を挑んで、あっさり負けてしまったところまでは覚えている。そのあとになにがあったのかわからないが、とりあえず両手両足が縄で縛られていて、動かすことができない。しかもさっきよりもめちゃくちゃに固く結ばれていて、縄の当たる部分が痛い。ついでに頭も痛いのは、きっと殴られたせいだろう。

体を起こしたいが、きつく縛られている縄が邪魔になって、うまく起き上がれなさそうだ。ひとまず、視線だけを巡らせて周りの様子を窺う。

まず確認しておくべきなのは、一番存在感のある炎だ。

木の床の上でごうごうと燃えている。――まさか木の床で直接焚《ま》き火などするはずもないし、誰かが意図的に火をつけたのだろう。ご丁寧に油でも撒かれたのか、やたらと勢いがある。

次に部屋の状況は――どうやらここは先ほどの倉庫とは違う場所のようだ。倉庫よりも狭くて、天井が低く、床も壁も木でできている。窓は一つもなくて、部屋の中が明るいのは火が燃えているからだ。木の床板の隙間から風を感じるので、すぐに窒息ということはなさそうではある。まあ、その前に焼け死ぬだろうが。

ここでとるべき選択肢は、逃げる／火を消す、の二つだが――今のステラの状況ではどちらも無理だ。ならば他の人に頼るしかない。

ステラの他に、この部屋にはエリンとジュドルがいる。……が、どちらも手足を拘束されて床に転がっていた。

ジュドルは意識を失っているらしく、ぐったりとしている。さっき見た時点でひどい傷を負っていたので、早く治療をしなければ危険かもしれない。

もう一人、エリンは意識こそあるようだが、泣き腫らした目でぼんやりと炎を見つめているので、精神的に限界がきていそうだ。

非常にまずい。口をふさいでいる布をなんとか外して、声を上げれば誰かに気づいてもらえるだろうか。

誰も気づいてくれなくても、この危機的な状況なら精霊が応えてくれるかもしれない。

（それには布を外さないといけないけど……ああ、頭を殴られたせいか、めまいがひどくて……）

まるで大きなゆりかごに乗せられてゆっくりゆすられているような、ふわふわとした感覚――。

（いや、めまいっていうよりも……むしろ大きな生き物とか、乗り物に乗せられているような……もしかして、船の中？）

そう思って改めて周りを見てみれば、木で作られた窓のない狭い空間は本で読んだ船の船室によく似ている。

部屋の中にしっかりと固定して積んである木箱は、きっと中身のガラス細工が壊れないようにしてあるのだ。

ここが、昨日シルバーと眺めた大型船の中だとして——気を失ってから数日経っているとかいうことでないならば、出港予定は今日のはずだ。

背筋にぞわりと冷たいものが走る。

文字どおり火急の問題は火が回ることだが、仮にこの火をどうにかできたとしても、船が動き出してしまえばすぐには戻れない。それにシルバーたちが探してくれていても、岸から離れてしまえば手の出しようがないのだ。

(どうしよう……早くどうにかしなきゃ。それにジュドの怪我だって、早くお医者さんに診てもらわないと、手が使えなくなっちゃうかもしれない)

なんでこんなことに。

ステラが狙われたからジュドルが巻き込まれたのだろうか。

リヒターたちと一緒にこの町に来たから?

ステラがあのとき、店で見かけたジュドルに話しかけなければよかった?

——ああ、そんなことを考えている暇はないのに。このままではここにいる三人とも焼け死んでしまう。

火の熱と、頭の痛みと、不安定なゆらゆらのせいで頭の中がぐちゃぐちゃだ。ちっとも考えがまとまらない。

不意に、ステラの目からほろりと涙がこぼれた。

（これは火のせいで乾燥した眼球を守るための防衛反応だし。……まだ諦めたわけじゃないんだから）

諦めたらおしまいだ、と自分で自分に言い聞かせる。

だけど、もしも……万が一これで最期《さいご》だとしたら。


（……シンに会いたいな……）


まぶたを閉じると、もう一粒涙がこぼれ落ちた。

閉じたまぶた越しに炎が赤くゆらゆらと揺れている。

……もう一度落ち着いて、方法がないか考えよう。

――そのとき。

真っ赤に染まった暗い視界の中に、ほんのりと白い小さな光が飛び込んできた。

（白？　それに、動いてる？）

不思議に思いながら薄く目を開くと、まるでホタルのような弱く小さな光がステラの目の前にふわふわと浮かんでいる。ステラがじっと見つめていると、その光はくるりと空中で一回転して、フッと消えてしまった。

（今の、なに？）

目がおかしくなったのかと思ってまばたきをしていると、火の爆ぜる音に混じってかすかに別の音が耳に届いてくる。

人の声だ、とステラはハッとする。

喋れなくとも、呻き声を上げれば気づいてもらえるかもしれない。

外にいるのが犯人じゃありませんように——と、ステラはできる限り大きな声を出すために息を吸い込んだ。

「——！」

だが、その息が音になることはなかった。

ギャシャン、というか、ビシャンというか——なんとも形容しがたい音が部屋の中に響き渡って、ステラはせっかく吸い込んだ息を驚きとともに「へ？」と吐き出してしまった。

ぼんやりとしていたエリンも驚いた顔で音の出どころ——入り口に目を向けている。

「まるごと砕くやつがいるか！——って、なんだこれ」

「火を消せ」

苛立った男の声を遮って少年の声が響く。

そのたった一言で、あれほど激しく燃え上がっていた炎がみるみるうちに勢いを失っていく。

そして、あっという間に焦げ跡だけを残して、完全に鎮火してしまった。

体が動かせないステラからは入り口がよく見えないので、声の主が誰なのかを確認することができない。

でも、それは今一番聞きたかった声だった。

（シン……？）

会いたすぎて幻聴を聞いてしまったのか、と一瞬考えたが、こんなふうに一言で炎を消すなどという芸当ができる人間なんて、ものすごく限られている。炎が消えた光景すら幻だったら別だが。

「ステラ！」

駆け寄ってきたシルバーが、ステラの上体を抱き起こし、口をふさいでいた布を外してくれる。

このシルバーも幻の可能性が……？　と、ステラがじっと見つめていると、彼はその整った眉をひそめてステラの頬を撫でた。

「怪我してる……今縄を切るけど、痛いところない？」

「……平気、だけど待って、シン。私よりもジュドがひどい怪我してるの。早く医者に連れていかないと」

不格好にステラの腕をぐるぐる巻きにしている縄へと手をかけたシルバーに、ステラはイヤイヤするように首を振った。

そして、かろうじて動かせる指先でジュドルがいるはずの方向――ちょうどシルバーの体が邪魔で見えなかった――を指し示した。が、シルバーはまったくステラから離れる気がないらしく、首だけをそちらに向けて「……だってさ、アグレル」と声をかけた。

「今診てる。……左手ばかりひどくやられてるな」

すでにジュドルの近くにいたらしく、ため息交じりのアグレルの声が応じる。

左手……とステラは歯を噛み締めた。

「ジュドは左利きなの。硝子細工ができなくなっちゃう……」

「ああ、例の職人か……」

アグレルの声には苦いものが混じっている。状態がよくないのだろう。

アグレルの返事に反応して、エリンがかすかに身動ぎして呻き声をこぼした。

「……っ！」

「治療が必要なら急ごう。……そっちの人はどうする？　ステラを攫ったのってその人でしょ」

ステラの縄を切り終えたシルバーは声のトーンを落とし、ちらりとエリンのほうを見てから、再びステラに視線を戻した。

「それはそう……なんだけど」

縄の跡が赤く残る手首をさすりながら、ステラは頭を悩ませる。

エリンのここまでの様子を見るに、ジュドルに怪我を負わせたのも、ステラを巻き込んだのも彼女の意思ではないのだろう。

しかも、ステラたちと一緒にこの部屋に転がされて火をかけられているということは、結局彼女も利用だけされて見捨てられてしまったということだ。

ここで相手がリヒターあたりだったら、この展開すらも計算ずくで、実は今もなにか企んでいるのかも……となるところだが、エリンに関してその心配はないだろう（と思いたい）。

なんにせよ、あまり悩む時間はない。ステラは立ち上がろうとして、膝の力がうまく入らずによろけた。

「大丈夫？」

崩れ落ちそうになる体を、すかさずシルバーが抱きとめてくれる。

たぶん、薬で眠らされたせいだ。体の力がうまく入らず、若干気持ちがふわふわするのは、その効果が残っていると考えるのが自然である。

倉庫で殴られたような覚えはあるが、薬ではなく殴打が原因で別の場所に運ばれても気づかないほど完全に意識を失っていたとしたら、さすがに脳に損傷があるレベルかもしれないので、それはあまり考えたくない。

「あ、ありがとう」

そう、気持ちがふわふわするのも、心臓がバクバクするのも薬のせいだ。

決して、シルバーが軽々と支えてくれたことにキュンとしたからではない。

――こんな場面でときめいてしまったという、若干の後ろめたさをごまかすためにコホンと咳払いを挟んでから、ステラはシルバーの手を借りながらエリンの側まで行って、彼女の脇に腰を下ろした。

「……」

ステラが近くに来たことで、エリンはビクリと体を震わせる。

ぎゅっと体をこわばらせたエリンの口元から、その口をふさいでいた布を解いてやる。

「エリンさんはジュドを人質にされてたんですよね。私を連れていったらジュドを開放するって言われたんでしょ？」

エリンは蒼白な顔でステラを見つめ、少しの間ためらうように口をはくはくと動かしていたが、一度ギュッと口を結んでから決心したように話し始めた。

「私があそこにジュドルを連れていったの。ステラちゃんを巻き込むつもりなんてなくって……」

「ジュドを連れていった？　あの倉庫に？」

首をかしげたステラにエリンがうなずいた。

どう考えても遊びに行くような場所ではないので、仕事だろうか。

逢引――を、するにしては場所がハードすぎる。

「はじめは、悪ふざけのつもりで……工房のヤツから、ジュドルをからかってやろうって言われて……。でもいざ行ってみたら知らない人たちがいて、雰囲気がおかしくて……ステラちゃんを連れてこないとジュドルの腕を潰すって……」

エリンの説明はたどたどしく、動揺と混乱がひしひしと伝わってきた。

その要領を得ない内容に、アグレルが舌打ちをしてから口を開いた。

「時間が惜しいから結論だけ聞く」

強い口調とともにエリンをにらみ——にらむつもりはなく、見ただけかもしれないが——つけた。

その視線にエリンは再び、ビクッと体を震わせる。

「つまり、お前はこの男を傷つけるつもりもステラ・リンドグレンを巻き込むつもりもなかったんだな」

「な、ない！　なかった、です。こんなことになるなんて考えもしなかった！」

「ならいい。なら、ここから見聞きすることは絶対に他言するな。いいな？」

「は……？　はい……」

にらみつけるアグレルの迫力に鼻白んだエリンは、こくこくとうなずく。それを確認したアグレルは、今度はシルバーに視線を向けた。

「シルバー、部屋の外で誰も近づかないように見張ってろ。治療をする」

「……見張り？　見られたらまずいような怪しいことをする気？」

アグレルの言葉に、シルバーは不信感を隠そうともせず顔をしかめた。

ステラの見たところ、ジュドルの怪我はすでにアグレルの手で簡単な応急処置をされている。

仮に、アグレルに高度な医術の知識があったところで、薬も道具もないここでこれ以上の処置に時間を取るよりも、わずかでも早く運び出したほうがいいのではないだろうか。

「怪しくはないが、見られるのはまずい」

アグレルはそう言いながら、床に転がっていたチョークを拾い上げた。積荷の木箱に文字を書くためのもののようだ。

なにをするのだろう、とステラたちが見ている前で、アグレルは床板に直接大きく円を描いた。

「治癒魔術を使う。よけいな人間に見られたくない」

その言葉にシルバーは一瞬目を丸くしたあと、眉をひそめて小さく首をかしげた。

「治癒魔術って言っても魔力は……」

そこまで言って、なにかに思い当たったのか、言葉を止める。

「……精霊の魔力を？」

魔術は魔力――つまり術者の生命力を消費する。

特に治癒魔術は魔力消費が激しく、人の傷を治療するために術者が魔力を使い果たして死んだ、などという笑えない話が伝わっているくらいに危険を伴う。そのため治癒魔術というものは、『存在はするものの、誰も使わない』というある意味禁術のようなものなのである。

――だが、クリノクロアの人間には精霊から分けてもらった魔力がある。自分の魔力ではなく、虫かごに貯めておいた魔力を消費して魔術を使える……ということらしい。

アグレルは、ステラの父を救うために貯めていた大量の魔力を、ジュドルの治療に使うつもりなのだ。

「魔力の外部供給はうちの一族の特権だからな。だから関係者以外に見られたくない」

そこでアグレルはシルバーをギロリとにらんだ。

「……扉があれば閉めるだけでよかったんだ。なのに、どっかのバカがまるごと粉砕したせいで閉められないからな。責任を取れ」

「え、粉砕……？」

日常ではあまり聞くことのない単語に、ステラは聞き間違いかもしれないと思いつつ改めて出入り口を見た。

――そこには通常ならばあるべき戸板がなく、扉の枠と蝶番《ちょうつがい》、そしてねじ切れたような断面をさらした木片――たぶん戸板だったもの――だけが残っていた。

どうやら、先ほどステラが聞いたギャシャンだかビシャンだかという奇妙な音は、シルバーが精霊術で扉を消し飛ばした音だったらしい。

ステラがちらっとシルバーを見ると、彼はすました顔で肩をすくめた。

「扉の強度に問題があったんだよ」

「問題があったのは強度じゃなくてお前の頭だバカ。俺は鍵を壊せと言ったのに、扉ごと消し飛ばすバカがどこにいる」

（……アグレルさんの言葉遣いが乱れておられる……）

彼はシルバーに対して相当イライラしているらしく、いつも『私』だったはずの一人称まで変わっていた。

シルバーは口をへの字に曲げて、不満そのもの、という顔をしていたが、それでも後ろめたい気持ちがあったらしい。渋々ステラから離れ、戸板が消えてしまった出入り口へ行くと、壁にもたれかかった。

「もちろん、治癒魔術を使ったところでどこまで回復するかはわからん。だがやらないよりはましだろ。……この傷だと医者に診せてももとのとおりに回復するとは思えないしな」

アグレルはフン、と鼻を鳴らして、床に描いた円の中に模様を書き加え始めた。

魔術、それも治癒魔術など普通はまず使うことなどないはずだが、その模様――魔方陣を描く彼の手の動きに迷いはなかった。

「……アグレルさん、魔方陣を暗記してるんですか？」

「単純な図のものは覚えている。治癒魔術は魔力消費が大きいだけで術式は単純なんだ。……ステラ・リンドグレン。間違いなく俺のストックしている魔力だけだと足りないから、お前も提供しろ」

たしかに完成した魔方陣は単純な丸と直線で構成されていて、下のほうに文字のような模様が少しだけ並んでいる。これならばステラもすぐ覚えられそうだ——使うと魔力を使い尽くして死ぬかもしれないので、気軽には使えないが。

「もちろん手伝います。でも、どうしたらいいの？」

「術は俺が制御するから、魔方陣には触るな。お前はそこで虫かごを開いて、魔力を魔方陣に流し込むイメージをするだけでいい」

「わかりました」

アグレルはジュドルの体を引きずって移動させ、描き終わった魔方陣の上に横たえた。

ジュドルは意識がない状態で呼吸が浅く、額には脂汗が浮かんでいた。彼の衣服の様子を見るに、だいぶ出血していたらしい。

ステラは自分の服の袖で、ジュドルの額に浮かぶ汗を拭いた。

（ジュドが私のせいで巻き込まれたにしても、ここまで執拗《しつよう》に利き手ばかり狙ったってことは、ジュドの職人としての生命を奪う目的もあったんだろうな……）

あのときステラが倉庫で突き飛ばした、ナイフを振り上げていた男の体つきや、漏らした声には覚えがあった。見学させてもらったときに工房にいた職人の一人だ。

あの大きな工房の職人の中でも、ジュドルは若いほうだ。工房を代表する作品の一つを任されたのだから、きっと嫉妬もあっただろう。

（だからって……同じ職人なのに、なんでこんなことができるの？　ジュドは才能があるかもしれないけど、それだけじゃなくて人一倍努力してるってのはそばで見てたらわかるでしょ……。そういうのも気に入らなかったってこと？）

ギリ……と歯を噛みしめる。

横にいたエリンがそのステラの様子に気づいて、責められているように感じたのか、真っ青な顔色のまま視線を床に落とした。

だが、エリンはジュドルの腕を潰すと言われて、ステラを犠牲にすることを選んだ。それが正しい選択だったかということはさておき、ステラはジュドルを守ろうとした彼女を責めるつもりなどまったくなかった。

「始める。ステラ・リンドグレン、虫かごを開け」

「！はい」

魔方陣の上に手を置いたアグレルの言葉で、ステラは思考から引き戻された。

ステラはすぐに手を伸ばし、開け、と念じる。

（みんな、魔方陣に向かっていって）

その思考に応えるように、手のひらの上に開いた空間の切れ目から、ひやりとした空気をまとった何匹もの黒い蝶がひらひらと舞い出てくる。

彼らはふわふわと不安定な軌道を描きながらも、迷うことなく魔方陣に向かって降りてゆく。そして、魔方陣に触れた端から、まるで水に落とされたインクが滲んで溶けてゆくように、次々と空気の中に消えていってしまう。

――そして、黒い蝶が一匹二匹と消えていくたび、逆に魔方陣は少しずつ光を増していった。魔術の原理はよくわからないが、きっと魔力が充填されている証拠だろう。

しかし、今のところジュドルの苦しそうに歪んだ表情に変化はなく、傷が癒えているようには見えない。

（もしや、失敗……？）

ステラがそんな疑念を抱き始めたところで、今まで黙っていたアグレルが口を開いた。

「励起《れいき》せよ。其《そ》は切れた糸を繋ぎ、編み直す者」

その呪文が終わると同時に、光をたたえていた魔方陣がフッと暗くなった。

「……？」

あれ？とステラが首をかしげた、次の瞬間——

視界が、白一色で覆われた。

暗くなったはずの魔方陣が突如、先ほどまでとは比べ物にならないほどの強い光を放ったのだ。同時に、ステラとアグレルの虫かごから、魔力が奔流のように一気に流れ出し始めた。

「う、わ……！」

第五章　すでにいない娘

目を開けていられないくらいのまばゆい光が、狭い船室の中を満たしている。

あまりの眩しさに手で目を覆いたくなるが、虫かごを開いている手が魔力の流れ出す勢いでブレるのをもう片方の手で押さえているせいで、両手ともふさがってしまっている。そのため、まぶたを固く閉じてひたすら耐えるしかなかった。

ギュッと目をつむったまま、数十秒間ほど経っただろうか。

――ゆっくりと光が収束し始め、やがてもとの薄暗さが戻ってくる。

ステラはおそるおそるまぶたを持ち上げた。

「目……目が、チカチカする……」

目の奥の光の残像で、視界がぼやける。それでも数回まばたきを繰り返すうちに、ぼんやりと周囲の様子が見えるようになってきた。

ステラと同じように顔をしかめてまばたきをしているアグレルと、横たわっているジュドルが見える。

だが、ジュドルの体の下にあったはずの、先ほどまで光を放っていた魔方陣は跡形もなく消えていた。

「……？」

魔術は成功したのだろうか。

ステラはジュドルの脇にしゃがみこんで、一瞬ためらったものの、止血のために巻かれた布を外し始めた。

血を吸って重くなった布を取り去った下の肌は、やはり赤く染まっていて――

「……！」

しかしそこに、傷跡は見当たらなかった。

深く切り裂かれていたはずの場所を試しに指でつついてみると、暖かで弾力のある皮膚の感触が指先に返ってくる。

つぅ、と指を滑らせても凹凸はなく、まるでもともと傷などなかったかのように、完璧にふさがっていた。

「……っ……」

ステラの指がくすぐったかったのか、ジュドルがわずかに声を上げた。

先ほどまで浅い呼吸を繰り返していたが、それも少しずつゆっくりと穏やかになってきている。

「ちゃんと、治ってる……」

ただ、確認できるのは傷がふさがっているということだけなので、痛みがないのか、もとどおり動かせるのかというのは、ジュドルが目を覚ましてから確認しないといけない。それでも、これ以上血が流れることも、命の危険もないのだ。

「アグレルさん、すごいね！」

ステラは喜びに染まった明るい声を上げながらアグレルを見て――そして目を見開いた。

今度はアグレルが青い顔をして床に手をついていた。顔色が悪く、眉間にシワが寄っていつもよりもさらに目つきが険しくなっている。

「って、アグレルさん!?」

魔力は虫かごから供給したため術者の負担はないはずだが、術を制御する人間はより多くの負担がかかってしまうのかもしれない。

（それか、足りなかった魔力をアグレルさんが負担したのかも……）

「だ、大丈夫ですか？　もしかして魔力が」

「違う、問題ない」

ステラの言葉を遮って、アグレルが雑な動きで虫を払うように手を振る。だが、どう見ても『問題のない』顔色ではない。

ステラを呼び出すために捕まったジュドルが怪我をして、そのジュドルの怪我を治すためにアグレルの生命力を使わせてしまった――。

ジュドルに対しては個人的な恨みを抱いていた者がいたようだが、アグレルは本当に、純粋に無関係な人間だ。なのに、生命力という大きすぎる犠牲を払わせてしまった。

血の気が引いたステラの、頭の上にぽんと誰かの手が置かれた。そして、そのままぐりぐりと撫でられる。

「……シン？」

見上げると、入口で外を見張っていたシルバーがステラのそばに戻ってきていた。

「アグレルは船酔い」

「え」

ステラはシルバーの言葉に目をパチクリとさせる。

その様子に、シルバーは少しだけ笑った。

「我慢してたみたいだけど、最初から調子悪そうだったたし。術の制御で神経使ったから限界が来たんだよ」

「ええっ、本当に？　魔力の負担があったんじゃなくて？」

ステラの戸惑いの視線を受けたアグレルが、顔をしかめてだるそうに口を開いた。

「……だから違うと言っているだろう。負担などなかった。……もともと、貯めた魔力で足りなければそこで術を止めるつもりだったからな」

言われてみれば、アグレルは馬車に乗っていたときと同じような顔をしている。

どうやら術を止めるタイミングを見誤らないように集中していたことが原因で、船酔いがひどくなってしまったらしい。あんなに一気に魔力を吸う術ならば、相当な集中が必要だったのだろう。

ほっと息を吐いたステラの隣に、寄り添うようにシルバーがしゃがみこんだ。そして自分の膝に頬杖をつくと、アグレルの顔をのぞき込んで、楽しそうに目を細めた。

「可哀想だから外まで運んであげようか。お姫様抱っこで」

「……死ね」

「まあ、運ぶのは怪我人が優先だから、アグレルは我慢して自分で歩いてね」

「マジで死ね」

仲がいい……と言えるのかは微妙なところであるが、冗談を言う程度にはシルバーもアグレルに気を許したようだ。

「……怪我人を優先っていうことは、ジュドをお姫様抱っこするの？」

「アグレルよりも重たそうだから普通に担ぐよ。横抱きは安定しなくて危ないし」

「そう……そっか……」

それなりに体格のいい男をお姫様抱っこする美少年の図――を、一瞬想像したのだが、それが見られないことに少しだけがっかりしながらジュドルに目を戻す。

彼は先ほどよりももっと顔色がよくなっていて、呼吸も穏やかに落ち着いていた。治癒魔術の効果はてきめんだったようだ。

「とりあえず外に出よう。万が一、船が動き出したら面倒だし」

そう言いながら、シルバーは軽々とジュドルの体を担ぎ上げた。そして、どうせ動かないけど、と妙にはっきりと言い添える。

なにか根拠があるのだろうか……と、ステラが首をかしげた横で、なぜかアグレルが深いため息を落としていた。

＊＊＊

船室を出て船内を歩いている間、誰とも会うことなくすんなりと、上甲板に続く出入り口までたどり着くことができた。

部外者ばかりで、煙に巻かれたせいで煤けていて、さらに一人は血まみれという異様な一団であるため、途中で誰かに出会ったら相当騒がれるだろうな……と覚悟していたステラは肩透かしを食らった気分で、出入り口のドアにはめ込まれた丸い窓をのぞき込み、上甲板の様子を覗った。

「……なんだか雰囲気がおかしくない？」

船内の通路には誰もいなかったというのに、一転して上甲板には何人もの人間が張り詰めた表情で行き来していた。しかも、どことなく妙なざわめきに包まれているように見える。

硬い表情で行き来しているのは、船乗りというよりも、兵士を思わせる服装に身を包んだ男たちだ。

そのせいで出航前の船と言うよりも、事故現場の調査のような物々しい雰囲気が漂っていた。

「近くで爆発があったからね」

外を見つめるステラの疑問に、さらりとシルバーが答える。

「……爆発……？」

船室の火事のことだろうか。しかしそれなら、鎮火のために船内に人がいそうなものだが。むしろ、逆に船内は危ないから避難したのか――（……っていう雰囲気でもないんだよね）

「そう。船のすぐ脇で爆発があった」

続くシルバーの言葉に、ステラは首をかしげた。

「脇？　ええと、船とか船着き場の施設とかが爆発したわけじゃなくて？」

シルバーはうなずいて、視線をついっとそらした。

「被害はないはずだけど、原因不明だから調査が大変だろうね」

「原因不明」

「うん、原因不明」

きっぱりと原因不明と言い切るということは、シルバーは『調べても原因がわからない』ということを知っているということになる。

それに、被害はないはず、という言い方もおかしい。

先ほどのアグレルのため息の理由はもしや――と、ステラがちらっとアグレルに視線を向けると、彼は億劫《おっくう》そうに口を開いた。

「……入り口の警備の注意をそらすために、シルバーが精霊術を使って水上で爆発を起こした。私たちはその混乱に乗じて船内に入り込んだんだ」

「ばく……」

「正しくは、圧縮した空気の塊を水面近くで破裂させただけだよ。なるべく派手な音を出して、爆発っぽく見えるようにね」

しれっと説明を付け足したシルバーを見て、アグレルは眉間にシワを寄せた。

「精霊の追跡でステラ・リンドグレンが船内にいるのは明らかだったんだから、精霊術士協会やリヒターの名前を利用して適当な説明をして入ればよかったというのに、こいつは『そんな面倒なことしてられない』と言って大騒ぎを起こしやがった」

「遅くなってたらもっと火が回ってた。結果的に急いでよかったわけだし、それに小規模な騒ぎですぐ解決したら、船内にいる間に出港してたかもしれない」

「それはそうだが……」

シルバーたちが到着した時点で、船の出港時間がかなり迫っていたらしい。

個人所有の船と違って、関係する組織の多い大型船の出港時間をずらすことなどそう簡単にはできない。——それこそ、事故でも起きなければ。

船室内の火の勢いやジュドルの怪我の状態を考えれば、一刻も早い救出が必要だったし、派手でありながら、どこにも被害が及ばない『安全な爆発』は最善に近い選択だったのかもしれない。

……だが。

「……そんな騒ぎが起きてるところに、船内から部外者が出てきたら大注目どころじゃないんじゃ……？」

事故か、何者かの襲撃かと気が立っている人々の前にふらりと出ていくなど、疑ってくださいと言わんばかりの行動だ。「とりあえず牢屋に連行しろ」となってもおかしくない。

しかし、そんなステラの心配をよそに、シルバーは涼しい顔のまま扉に手をかけた。

「ステラは被害者なんだから堂々としてなよ。爆発だって犯人がステラを狙わなければ起きなかったんだよ。つまり爆発は犯人が起こした」

「待って待って、それはさすがに暴論でしょ」

たしかにステラは被害者だが、爆発まで犯人のせいというのは無理がある。

犯人の目星がついていて、さらに目的がわかっていれば対処のしようもあるかもしれないが、残念ながら、ステラには自分がなぜ狙われたのかまったくわからない。

今甲板にいる人々に、突然監禁されて火をかけられたのだと訴えたところで、証拠といえば、なぜか扉が消失して床に焦げ跡が残った船室と、手足を縛っていた縄だけなのである。

犯人の手先となって動いていたエリンも肝心の正体を知らないようだし、有力な手がかりとなる情報も、証拠品もなにもない。

それに加え、こちらは――傷一つないのになぜか血まみれで意識を失っている――ジュドルを連れている。治癒魔術のことを話すわけにもいかないので、傷がない理由をうまく説明できない。

この状況で堂々と被害者だと主張するには……かなり控えめに言っても怪しすぎるし、無理がある。

最悪、爆発も含めて自作自演で騒ぎを起こしたと思われてしまうかもしれない。

「いつまでもここにいるわけにいかないでしょ。ジュドルだって、回復したように見えても、念のため医者に診せたほうがいいだろうし」

「それは……そうだけど」

たしかに、シルバーの言うとおりである。ここでもたもたしていてもいずれ兵士たちはここにやってくるだろうし、まだ目を覚ましていないジュドルのことも心配だ。

「……最終的に、リヒターが手を回してなんとかするだろ」

投げやりなアグレルの言葉に、ステラは同じく投げやりにうなずいた。

「……そうですね」

＊＊＊

「動くな！」

――そして案の定、扉を開いた途端、ステラたちは剣を構えた兵士たちに囲まれてしまった。

（……こうなることは知ってた）

さすがに問答無用で打ち倒されることはないだろうが、こんな自他ともに認める怪しい集団は、どう甘く見積もっても捕縛されるのがオチだ。

それでも、こちらは本当に被害者（水上爆発を除く）である。それに兵士たちと敵対するつもりもないので、どこに連行されるとしても、あまり相手を刺激せずにおとなしくしていれば問題はないはずだ。うまくいけば、早い段階でリヒターと連絡を取ることもできるかもしれない。

「口を開いたら敵意があると判断し、即座に攻撃する。これ以降、こちらの質問には首肯《しゅこう》もしくは単語のみで回答願う」

兵士の一人が、たぶん定型句なのであろう警告を口にした。

口を開くのを制限するのは、精霊術を警戒しているからだろう。シルバーほどの能力がない限りは、この至近距離ならば呪文を唱えきるよりも、兵士たちが斬りかかるほうが早い。

ステラたちは、抵抗するつもりがないことを示すためにうなずいた。

――だが、そんなやりとりを無視して普通に口を開いたのは、シルバーだった。

「聴取はあとにしてもらえませんか」

「なんだと？」

「怪我人がいるので、通していただきたい」

彼はまっすぐに兵士を見つめ、丁寧ではあるがやや強い口調でそう言った。

「……怪我人に関しては申し訳ないが、こちらも不審者を見逃すわけにはいかない。この船は今、爆発の原因調査のために乗組員全員が下船しているはずだ。君たちはいつ、どこから入った？」

他の兵士から一歩引いたところにいる一番壮年の男が、そう言ってシルバーに刺すような鋭い視線を向けた。どうやら彼が隊長にあたる人物らしい。

「そちらの捜査を妨害するつもりはありませんが、今は急いでいます。こちらは不正な取引に関してユークレースの権限で調査していたところ、協力者が何者かに拉致されて、この船の中に監禁され火をかけられたんです。——拉致された協力者が、いつ、どこから連れ込まれたのかについては、こちらが警備のほうに聞きたいところですが……」

まったく淀みなくすらすらと言い切ったシルバーは、そこで言葉を切って薄く笑みを浮かべた。恐ろしく顔が整っているシルバーがそういう表情をすると、酷薄《こくはく》な印象が強くなる。

兵士たちは「あのユークレースの……」とひるんだところに、さらに警備の怠慢を指摘されたせいで、シルバーの微笑みを直視できなかったらしい。みんな、気まずそうに視線を泳がせた。

「——ですから、早急に治療を受けさせたいので、聴取はあとにしていただけませんか。……ああ、ここに連れている全員の身分は私が保証しますので、ご心配なく」

そう言って、シルバーは首にかけていた革紐を引っ張り出した。その紐に通されていたのは、濃い青の宝石がはまった指輪だった。

彼はそれを片手で無造作に首から外し、隊長と思われる人物に向かって放った。

「……！」

キラリと光を反射しながら放物線を描いた指輪は、慌てて手を伸ばした隊長の手のひらの中にかろうじておさまる。そして自分の手の中を確認した彼は、さっと顔色を変えて背筋を伸ばした。

「こ……れは……、たしかに、ユークレースの身分証ですね」

「では、ここを通していただいていいですか」

「は、はい……ああいや、あの――火をかけられたとおっしゃいましたが、もしや先刻の爆発と関係が？」

一気に態度を変えた隊長はすぐに引き下がる――かと思いきや、爆発の単語を口にしてステラたちの顔に視線を走らせた。こちらの反応を見るつもりなのだろう。

しかし、シルバーは隊長のほうへ一歩進み出て、少しだけ声をひそめた。

「爆発との関連はわかりませんが……彼らが監禁されていた場所は下の貨物室の一室です。炎はすでに鎮火させましたが、犯人は油まで撒いていましたから、この船を炎上させるつもりだったのかもしれませんね。他の船室にも爆発物などがないか、徹底的に調べたほうがいいかもしれません」

しれっと爆発の責任を犯人に押しつけたシルバーは、沈痛な面持ちでゆっくりと頭を振った。それはまるで、まだ犯人が潜んでいることを警戒しているかのような態度にも見える。

「ええ、おっしゃるとおりですね……すぐに調査に入ります」

「お願いします。私たちは精霊術士協会のほうへ向かいますので、なにかあればリヒター・ユークレースに申し付けてください」

「了解しました」

にこりと微笑んだシルバーに向かって、ぴしっと敬礼をした隊長はすぐに兵士たちに指示を飛ばし、調査へと戻っていった。

「さて、行こうか。いい加減ジュドルが重いし」

「う、うん……」

さっさと歩き出してしまったシルバーを、他の三人は一瞬顔を見合わせたあと、慌てて追いかけた。


「ねえ、身分証ってなに？」

指輪を見たあとの隊長の態度は、単にシルバーがユークレース一族だからというよりも、かなり地位の高い人物を相手にしているような態度だった。

シルバー自身が先日、『リヒターとは別に動いて、なにかあれば報告するよう言われている』とは言っていたが、もしかして、彼は正式に一族の中でもそれなりの地位を与えられているのだろうか。

横に並んだステラが周りを気にしながら声をひそめて尋ねると、シルバーはわずかに顔をしかめた。

「私は諸都合で、次期当主が学ぶのと同等の知識を頭にたたき込まれてるんだ。だからユークレースの内部事情をよく知ってて」

「諸都合《しょつごう》……」

当主の座を奪う。

またの名をクーデター。

「そう、諸都合で。それで、半年くらい前から当主補佐の身分証を持たされていろいろ手伝わされてるんだよ」

「当主補佐!?」

「正直そんな肩書きは迷惑なんだけど、まあまあ役に立ったね」

「まああって……」

サニディンの産業に、精霊術士はなくてはならない存在だ。その精霊術士のトップであるユークレースの、そのまたトップの補佐などという肩書きがあれば、それは警備兵くらい、あしらうのは簡単だろう。

「……そういう身分が証明できるって、なんで先に言わなかったの？」

言ってくれれば、あそこまでヒヤヒヤすることはなかったし、そもそも警備兵に囲まれる前に対話を試みることだってできただろうに。

口をとがらせたステラをチラリと脇目で見たシルバーは、フッと小さく笑った。

「困ってるステラがかわいいなと思って見てたら、言い忘れた」

「……さすがにそれは嘘でしょ？」

はぐらかされてステラは眉根を寄せる。今のステラにはシルバーの甘い言葉がてきめんに響くものの、それでも、さすがにそんな理由では納得できない。

「完全に嘘でもないけど。まあ、忘れてたわけじゃなくて、みんなをちょっと困らせてやろうと思って、わざと黙ってた」

「困らせるって……なんで？」

「……ところでステラ、一人で外に出ちゃダメだって言われてたよね」

首をかしげたステラの疑問には答えず、シルバーは話を変えてしまう。

またはぐらかされたことに不満を覚えつつも、痛いところを突かれてしまったステラは、「う」と言葉に詰まった。

「はい……屋台は目の前だったし、すぐ戻るつもりだったので油断してました」

うろうろと視線をさまよわせるステラをじっと見つめたシルバーは、深いため息を落とした。

「私は、一人で出ていったステラにも、一人で行かせたアグレルにも、もちろんステラを連れてったそこの人にも腹を立ててる」

「あ……えっと、ごめんなさい……」

「それに、あんな役に立たない警備兵は、全員川底に沈めてやりたいんだけど、我慢したんだ。多少困らせるくらいかわいいものだよね？」

ニコッと笑ったシルバーの目がまったく笑っていなくて、ヒエッとなったステラは、自分の口元がひきつるのを感じながら視線をそらした。

「……わ……私が軽率でした……」

「まあ、屋台の店主にヘアピンを渡したのは評価するけど」

屋台の店主はステラの意思を汲《く》んでくれて、きちんとシルバーに渡してくれたらしい。そのおかげで、ステラたちも船も灰にならずに済んだのだ。

あとでお礼に行かねばならないな、と思っているステラの肩に、シルバーがトン、と頭を乗せる。

「もう本当に、心配で死にそうだから、ステラは私の手の届かないところに行かないでほしい。常に四十センチ以内ね」

「前より二十センチも短くなってる……」

次になにかがあったら二十センチ以内になるのかもしれない。

（最終的にはゼロ距離で、今のジュドみたいにおんぶ移動かな……）

笑えない想像に、ステラは、二度と危険なことはするまいと胸に誓った。

＊＊＊

「……また人が集まってる」

船を降りると、レンガ造りの建物の前に、軽い人だかりができているのが見えた。

そこは船の荷などを管理するための事務所がある建物で、普段から人の姿が多い場所ではあるが、今はなにか問題が――ほぼ間違いなく爆発のことだろうが――起こったらしく、人々はやや興奮した様子で建物の中をのぞいていた。

その人だかりの横に視線を移すと、建物に寄せて一台の馬車が停まっている。――その車体には、見覚えのある紋章が描かれていた。

「あれって、精霊術士協会の馬車？」

「船で問題が起こったから、精霊術士協会の会長が呼び出されたんじゃないかな」

「リヒターさんもいるかな」

「それだと話が早くていいけど。……アグレル、父さんがいるかどうか見てきてよ」

流れるように自然にアグレルを使おうとするシルバーに、船酔いの影響でだいぶ気が立っているアグレルがチッと舌打ちをする。

「なんで俺が」

「私はステラから四十センチ以上離れたら死ぬから」

「死ねよ」

冗談のつもりなのか、もしくは本気なのか、シルバーは真顔で言い放つ。――それに対し、アグレルは殺気立った表情で、かぶせ気味に返した。

「……ここで万が一奇襲でもされたときに、アグレルは対抗できるの？　ステラは戦えるのに捕まったんだよ？」

首をかしげたシルバーに、アグレルは再び舌打ちをした。

「最初にそういう説明をしろ」

「考えればわかることだから必要ないと思って」

「あーーもう、お前と話してると本当に腹が立つ！」

アグレルはつり上がった目をさらにつり上げ、人を殺さんばかりの顔で建物のほうへと向かっていった。

「アグレルさん……通報されないといいけど。シン、アグレルさん具合悪いんだから、もう少し優しく接しなよ」

「なんか、アグレルは具合悪いときとか怒ってるときのほうが話しやすい」

「……あー」

気持ちに余裕のあるときのアグレルは、いちいちこちらをバカにするような言動を挟んでくるのだが、余裕がないときは会話を簡潔に済ませようとするので、普通に会話ができる。

「それはわかるけど、具合が悪い状態でさらに怒らせるのは可哀想だよ」

「……大人げなく怒るのが面白くて」

ステラはアグレルの年齢を知らないが、約二十年前に家出したステラの父のことを慕っていたらしいので、二十年前の時点で物心がついていたはずだ。

となると、少なくとも二十四、五歳は超えていると考えていいだろう。

つまり、ステラたちよりも十歳近く年上なのだ。

「……たしかに大人げないけどさ……」

そんな話をしていると、シルバーに背負われているジュドルの手がピクリと動いた。

「あっ、ジュド――気がついた？」

「……？　んだ、ここ……」

ジュドルはぼんやりとした様子で、ゆっくりとまばたきをする。

ステラと同じように薬で眠らされていたのか、それとも出血などのショックで気を失っていたのか、とにかくまだ意識がもうろうとしているらしい。

「ジュドル！　よかった……手、手は動く!?」

今までしおしおと黙り込んでいたエリンが、ジュドルの腕にすがりついた。

「手……？」

エリンの必死な表情に、ジュドルは少しだけ戸惑ったようにつぶやく。

「――ねえ、その前に降ろしていい？」

いい？と聞いておきながら、シルバーは返事を待つことなくジュドルを降ろした。――そして、地面に座り込んだ状態で、頭の上にクエスチョンマークを浮かべている彼の前に膝をつく。

「腕の傷は治療が終わってる。表面上傷は残っていないけど、きちんと動くかはわからない」

「……治療？」

「今は詳しく説明できない。ひとまず、自分で思うように左手が動くか試して」

「……わかった」

だんだん意識がはっきりしてきたのか、ジュドルは硬い表情でじっと自分の左手を見つめた。そして、その左手をゆっくりと握ったり開いたりして動かす。

ステラから見れば十分なめらかに動いていると思うのだが、本人の感覚的にはどうなのだろうか。

ステラたちが固唾《かたず》を呑んで見守る中、ジュドルは軽くうなずいてみせた。

「……たぶん、問題はない、と思う」

「うん、いいね。……でもあとでちゃんとした検査が受けられるよう手配するよ」

知らず知らずのうちに息を詰め見守っていたステラも、そして真っ青な顔をしていたエリンも、ジュドルの言葉に安堵の息を吐いた。

それを脇目にシルバーはうなずいて、立ち上がる。そしてジュドルに手を差し伸べた。

「――で、けっこう血を流したみたいだけど自分で立てそう? 立てないならまた担いで運ぶことになるんだけど」

「大丈夫、立てる――」

ジュドルはその手をつかむことなく立ち上がり、そしてよろめいた。結局その腕をシルバーがつかんで支える。

「……わり、ちょっとめまいがした」

「無理はしなくていい。ひどい状態だったから、すぐに全快とはいかないだろうし」

ジュドルはこめかみのあたりを押さえて、めまいを振り払うようにゆるく頭を振った。そして改めて周囲を見回した彼は、建物の前を埋め尽くす人だかりを見て、困惑した顔で眉根を寄せた。

「――今、どういう状況なんだ?」

「あー、えっと……」

ステラがどう説明しようかと視線を人だかりに向けると、ちょうど建物の入り口に集まっていた人だかりが割れて、中からアグレルとともに数人の人間が出てくるところだった。

シルバーは、その人々を見ながら、ニッ、と酷薄とも取れる笑みを浮かべる。そしてステラの代わりに口を開いた。

「ユークレースを罠にはめたはずなのに、騒ぎになる前に爆発が起こって台無しにされた犯人が困ってるところ、だよ」

＊＊＊

不機嫌な顔でリヒターがいるかどうか確認に行ったアグレルは、やはり不機嫌な顔のまま、リヒターだけでなく数人の男性を引き連れて戻ってきた。

「僕の娘が、船を見学したいとわがままを言って男を連れ込んで無理やり船内に入ったんだ――って言われたんだけどさ、ステラは心あたりがあるかな?」

開口一番のリヒターの言葉に、ステラはパチパチとまばたきをする。

「娘……?」

リヒターと一緒にやってきた、いかにも重役という雰囲気の四人の中高年男性たち――おそらくサニディンを動かしているトップの人々だろう――の視線がステラに集中しているので、リヒターの言う『僕の娘』はステラのことを指しているらしい。

「リヒターさんの娘になった覚えはありませんけど……」

「そうだよね、ステラが僕の娘を名乗るなんてありえない。でも、船の中にいた船乗り以外の女の子は、ステラとそちらの女性だけなんだ」

そちらの女性と言われてエリンが目を見開いた。

この状況だと、彼女がリヒターの娘を名乗ったようにしか見えない。

「わっ、私は——!」

「ストップ。君の話はあとで聞くよ。僕が最初に言っておきたいのは、僕の娘は去年この世からいなくなってしまったので、そもそも存在しないってことなんだよね」

そう言いながらリヒターはやや視線をうつむけた。まるでその娘を悼《いた》むように。

「え⁉ いない……⁉」

「ご息女は亡くなられていたんですか……」

重役(推定)男性のうちの一人が大きく驚き、他の二人は痛ましげな顔をする。

残りの一人は少し困ったような顔をしているので、おそらく彼はリヒターの事情を知っている——精霊術士協会の会長だろう。

さらに、野次馬の人々からは同情するようなため息が漏れた。

(この世からいなくなった……ね)

リヒターの娘のシンシャは昨年シルバーに改名して、正式に息子という扱いになっている。たしかに「娘がこの世からいなくなった」というのも嘘ではない。

ないのだが——。

(物は言いようだよね)

ステラは漏れそうになる苦笑を抑えながら、自分の隣をちらりと確認する。

軽く演技の入ったリヒターの様子を見守るその張本人のシルバーは、すん……という擬音語が似合いそうな無の表情を浮かべていた。

「つまり、すでにいない娘の名をかたって、その娘の友人だったステラを娘と勘違いして船室に閉じ込め、危険にさらした犯人がいるんだよ。しかも娘の名を汚すようなデマまでおまけでつけてね」

そう言いながらリヒターは、後ろにいた一人の青年に顔を向けた。

ステラはうっかり野次馬の一人だと思っていたが、丈の短い紺色のローブをまとったその青年は、よく見ると胸に精霊術士協会の紋章が入ったピンバッジを付けていた。どうやら精霊術士協会の人間らしい。

「――で、僕の娘が船に押し入ったっていう話を報告してくれた君は、誰からそんな話を聞いたのかな?」

ニコリと笑顔を浮かべたリヒターは、笑顔なのに全身から怒りのオーラを滲ませる――という器用なことをしている。それがどこまで演技なのかステラにもよくわからないくらいなので、その怒りを向けられている青年は本気で怖いだろう。

「ふ、船乗りの知り合いに……」

「ふうん? 出港の時間が近づいても出て来ないから困ってるって?」

「は、はいっ」

「だから船の出港を止めて内部を調べろと――事実だとしてもだいぶオーバーだよね。そう言ったら病弱な娘を心配した親バカな僕がうなずくと、誰かに言われたのかな? それも知り合いの船乗り?」

そこでリヒターは言葉を切り、周囲の人間たちの顔を見回した。

「……その船乗りはなんで僕に病弱な娘がいたことを知っていたんだろうね。彼女はほとんど家から出ずに暮らしていたし、ユークレースの一員として表舞台に立つこともなかった。彼女の存在はそれほど有名ではないはずなんだけどなぁ」

ユークレース当主、ノゼアンの子であるシンシャを『自分の娘』と偽って育てていたリヒターは、シンシャが当主の妻に命を狙われていたこともあり、安全のために彼女（彼）の存在をあまり公にしていなかった。

『リヒターに娘がいる』こと自体、あまり広く知られていない情報なのだ。

「あ……あの」

男は青い顔で視線をキョロキョロと動かす。

彼は命じられただけで、あまり詳しい事情は知らないのかもしれない。

そんな男の様子に焦《じ》れたのか、シルバーが口を開いた。

「ねえ、ステラも、ステラの幼なじみも、怪我をしてるんだけど。手足を縛られて船室に閉じ込められて火を付けられたんだよ。治療が先じゃない？」

シルバーのその言葉で、周囲の人々がざわめく。

『男をはべらせて船の関係者を困らせるわがままお嬢様』から、『何者かの策略により、幼なじみの少年とともに人違いで拉致され殺されかけた哀れな少女』――しかも昨年友人を亡くしている――になったステラへ、一気に視線が集まる。

「ああ、そうだね。ステラ……殴られたのか。頬が腫れてる」

リヒターが申し訳なさそうな声と表情で、いたわるようにステラの頬に触れる。

（色気を振りまくのはやめてほしい……！）

一瞬ぽうっとなったステラは、シルバーが小さく舌打ちした音でハッと我に返って、勢いよく首を振った。

「だっ……大丈夫です、シ……すぐに助けてもらえたので」

「シンに助けてもらった」と言おうとして、リヒターの娘のシンシャは亡くなっていることになっているのを思い出し、念のため今この場で『シン』という名前を出すのはやめておく。

それで正解だったようで、リヒターが小さくニッと笑ってうなずいた。

「でも怖かっただろう？　ジュドルくんもひどい状態だし、きちんと医者に診てもらったほうがいい。──協会長、彼らを治療が受けられる場所へ連れていきたいんだけど、手配してもらえるかな」

「わかりました、すぐに手配します。準備ができるまでの間は……所長、管理事務所内の部屋を使わせてもらえませんか。特に彼は顔色が悪いし、休める場所が必要そうです」

協会長と呼ばれた男性は、やはり精霊術士協会の会長なのだろう。

リヒター親子ほどとんでもないレベルではないが、彼もユークレースらしい見目麗しさである。

──そして、協会長が所長と呼んだ相手は、話の流れからしてそこにある建物、『船舶管理事務所』の所長なのだろう。神経質そうな雰囲気の眼鏡の中年男性で、なんとも落ち着かない様子で、せわしなく視線を動かしていた。

その彼は話しかけられたことに驚き、ビクリと肩をはねさせた。

彼は、先ほどリヒターの娘が亡くなっている（誤解）という話になったときにも、ひどく驚いていた。そんなにビクビクしていて、船乗りのような荒々しい人々を相手にする所長が務まるのだろうか。

「わ……わかりました。どうぞ、先ほどの応接室をお使いください」

「ありがとうございます──ああ、それと」

リヒターは会長に礼を言うと、紺色のローブの青年を指さした。

「彼と、彼の言う『船乗りの知人』を探し出して、拘束しておいてくれるかな。いくら侵入者を防げない警備隊でも、それくらいはできるよね？」

重役（推定）男性のうちの一人、ふくよかな──たぶん警備を取り締まっているのであろう──男性に向けて薄く微笑んだリヒターの底冷えするような表情は、先ほどシルバーが警備隊に向けたものによく似ていた。

「さあ、じゃあ行こうかみんな」

ステラたちのほうを向いたリヒターには先ほどの冷たい雰囲気はかけらもなく、いつもの明るい声で管理事務所を指さした。

（リヒターさんとシンは、間違いなく親子だわ……）

怖……と、若干引きつつ、ステラはリヒターに導かれるまま、管理事務所へと向かった。

＊＊＊

ステラたち船から出てきた五人と、リヒターを全員が応接室に入ったところで、リヒターがシルバーに視線を向けた。

「じゃあ我が息子くん――」

「部屋の中の音を遮断して」

リヒターが口を開くのとほとんど同時に、シルバーが精霊術を使った。前に食堂でやったのと同じ、音を通さない結界である。

リヒターはここで内密な話をしたいらしい。

「さすが。シンは説明しなくても、いい具合に動いてくれるから助かるよ」

「いい具合に動くから、その代わりあとで所長の首ぶった切ってもいいよね？」

「うーん残念だけどそれは許可できない。僕もそうしたいところだけど、一応法律ってものがあるからね」

にこにこと笑顔で交わされる親子の会話が不穏すぎて、他のメンツの顔がひきつる。

「……所長ってあの、眼鏡の落ち着きのない人？ あの人がなにかしたんですか？」

「ステラの拉致はあいつの指示だよ」

眉根を寄せたシルバーが、吐き捨てるように言う。

「え？」

所長の指示と言われても、ステラは彼を知らない。

（あ、リヒターさんの娘と間違えられたんだっけ）

きっとリヒターと一緒に行動していたから、娘だと思われたのだろう。それは理解できるが――。

「それって、あの人がリヒターさんの娘を拉致しようとしたってことですよね？」

ユークレースの傘下にあるも同然の町の、船着き場の事務所長がユークレースの中枢に近い人物の娘を拉致して殺害しようとした？

――そういえば、つい最近、似たような話を聞いた。精霊術士協会の協会長の娘も、殺害はされていない（と思いたい）ものの、やはり連れ去られている。と、いうことは。

「……ダイアスが所長を唆したってことですか？」

「たぶんね。そのへんを明らかにするためにも話を整理しようか――工房のお嬢さんにも言い分があるだろうしね」

まあみんな座ってよ、と自分も椅子に腰掛けながらリヒターが言うと、真っ先にアグレルが座り心地のよさそうな椅子に陣取って目をつむった。――船酔いの余韻でまだ気持ちが悪いらしい。

「ジュドルくんは無理せず、ソファで横になっててていいよ」

「いえ、さっき少しめまいがしただけで、今はなんともないので」

「ふむ。簡単な事情はさっきアグレルくんから聞いたけど、さすが治癒魔術だね……じゃあ、まずジュドルくんが認識している範囲でなにが起こったのか教えてくれるかな。……体が辛くなったら言ってね」

ジュドルはおそるおそるソファに腰掛け、続けてエリンもためらいながらその隣に座る。

そのソファは三人掛けで、残りは一人掛けのソファが一つしかない。どう考えてもシルバーはエリンの隣には座らないと思われるので、ステラが座る場所は三人掛けの端っこだ。

――だが。

「ステラはここ」

シルバーに腕を引っ張られ、一人掛けのソファに無理やり座らせられる。

そのシルバーはどこに座るのかというと、以前ステラが泣きじゃくるリシアにやったように、肘置きに腰かけて軽く寄りかかってきた。

「これじゃあシンがちゃんと座れないじゃん」

「いいから座ってて。ステラは怪我してる」

「別にたいしたことないよ」

本当はあちこちヒリヒリするし、殴られてコブができている頭も、どこかでぶつけたらしい足もズキズキと痛むが、我慢できないほどではない。――それよりも、地面に倒れたり火で炙られたりしたせいで煤けて薄汚れた状態を、シルバーに近くで見られるほうが辛い。

「ステラ、シンは君にくっついていたいだけだから放っておいていいよ」

「うう……はい」

リヒターが息子に「離れなさい」と言ってくれるのではないかと少しだけ期待したのだが、笑顔で裏切られてしまった。

父親の援護を得たシルバーが心なしか満足げな顔をしているので、ステラは『恋する相手の前では身ぎれいにしておきたい』というなけなしの乙女心を無理やりねじ伏せてうなずいた。

「で、ジュドルくん、どうぞ」

「……あー……えーと、認識している範囲っつっても」

ステラとシルバーのやりとりを死んだような目で眺めていたジュドルがリヒターの声でハッとして、ガシガシと自分の頭をかいた。

「俺もなにが起こったのかよくわかってないんすよ……」

ジュドルはエリンに、『船に積む荷物が手違いで別の場所に運ばれたから、運び直すための人手がいる』と言われ、一人で指定された倉庫へ向かった。

倉庫の入り口には船乗りの格好をした男が一人いて、荷運びの手伝いに来たと伝えると「話は聞いている」と、すんなり通してくれた。

しかし――荷物を運び出すはずなのに、その倉庫の中は薄暗かった。そのくせ内部に人がいる気配はする。

これはおかしい、と思ったところで、背中に強い衝撃を感じた。

「殴られたのとは違う感じでしたね。一瞬体が動かなくなって……で、その隙にローブを着た連中に押さえ込まれて、倉庫の奥まで引きずっていかれて、その先は、まあ……」

そこでジュドルはためらいがちに言葉を濁した。

その先は、殴られ、腕を傷つけられ、なのだろう。

「なんでそんなことすんのか、特になんの説明もなかったっす。相手は顔も隠してたし、声もほとんど出さなかったし」

そう言いつつ、「声も」のところで瞳に影が落ちた。

ジュドルの腕を傷つけた人物は、工房の人間だ。ステラも相手の声や動きで気づいたくらいなのだから、ジュドルだって当然気づいたはずだ。

「……あとは、ついさっき目が覚めるまでずっと気を失ってた、んだと、思います」

エリンに嘘の用事で倉庫に誘い出され、訳もわからず暴行を受けた。

ジュドルは口にしなかったが、暴行犯のうち、少なくとも一人は工房の仲間だ。

それが彼の知っているすべてだった。

「なるほど。――じゃあ次はエリンさん。なぜジュドルくんとステラを呼び出して、そして君自身も閉じ込められたのか」

名指しされたエリンは体を硬くしたあと、静かに深呼吸をした。

「……工房の同期のやつに、ジュドルをからかってやろうって誘われたんです。ジュドルを倉庫に呼び出して、事故に見せかけて一人で閉じ込めて、怖がらせてやろうって」

「倉庫を使って事故に見せかけてってていうのは、からかうにしてはやりすぎだと思うんだけど」

自分の膝に頬杖をついたシルバーが言葉を挟む。

それに対して、エリンも小さくうなずいた。

「……ジュドルは若手の細工師として注目株なの。うちの工房だけじゃなく、サニディンの中でもね。……それで、ジュドルよりも前から工房にいる連中……私、も含めて、なかなか芽の出ないやつらからすると、羨ましくて、正直妬ましかったんです。――たしかに私もやりすぎだとは思ったけど、……ちょっとひどい目に遭えばいいっていう気持ちも、どこかにあったんです」

隣のジュドルを気にしながら、エリンが消え入るような声で話す。

きっと以前からそういう周りの気持ちを知っていたのだろう。ジュドルはそれに対して特になにも言わず、じっと足元を見つめていた。

そのジュドルの様子にエリンは少し悲しげに目を伏せ、言葉を続ける。

「同期に言われたとおりジュドルに倉庫へ行くよう伝えて、私も後ろからついていきました。シルバーくんの言うとおり、人のいない倉庫で本当に事故があったら大変だし。――だけど、いざ倉庫についていて中をのぞいたらジュドルが……変なローブの連中に押さえつけられてたんです」

＊＊＊

「この人たちは誰？　閉じ込めるだけじゃないの？」

そのエリンの問いに、同期の男は「閉じ込める『だけ』とは言ってない」と返した。

その言葉が含んだ不穏な響きと、ジュドルを押さえつけているローブの者たちの乱暴な手つきに嫌なものを感じ、エリンは慌てて止めに入ろうとした。

――しかし、それは叶わなかった。彼女は入り口にいた船乗りの制服を着た男に、倉庫から引きずり出されてしまったのだ。

その男は、抵抗するエリンに耳打ちをした。

「リヒター・ユークレースの娘を連れてこい」

「リ、リヒターさんの娘……？」

「工房に来ていただろう？　あのピンクの髪の女だ」

「でもステラちゃんは……」

彼女はジュドルと同じ辺境の村の出身で、リヒターの娘ではないはずだ。だが、エリンは他にピンクの髪の娘など、心当たりがない。

もしかして、なにか事情があって娘であることを隠していたのだろうか。

「よけいなことは言うな。お前には監視をつけるから、通報したり助けを求めたりすれば、その時点であの男の腕を潰す」

「……⁉なんで、そんなっ」

「あの男の左腕を潰すのが、お前のお友達の望みだからな」

ニヤリと笑った船乗りの言葉に、エリンは気が遠くなりかけた。

ジュドルの利き手である左腕を潰す。職人としての生命を絶つのが希望？

同じ工房の、仲間だと思っていたのに。

「だがこちらは、潰す部位にも生死にもこだわりがないんだ。――リヒターの娘はあの男と親しいようだから、もし娘がグズグズ言うようなら『ジュドルの命が危ない』と囁いて連れてこい。だが、それ以上の情報は与えるな。娘が騒いだり、お前が逃げ出したりしたら、あの男は殺す」

殺す？

エリンはどこか遠い世界の出来事のような気持ちで、船乗りを見つめた。だが、この男の目は――平気で人を殺せる人間の目だ。

「あ……あの子を連れてきたら、ジュドルは助かるの？」

「そうだな」

ステラを連れてきたら、きっとステラが危険にさらされる。

だが彼女が本当にリヒターの娘ならば、ユークレースがどうにかしてくれるのではないだろうか。

（そう、だからきっと、ステラちゃんなら大丈夫）

なんの根拠もないが、そう思い込むことにした。

それに、エリンだって職人の端くれだ。自分より優れた才能が、これからもっと素晴らしいものを作り上げるであろうその腕が、永遠に失われることなど認められない。

「……わかった。だから、ジュドルに手を出さないで」

エリンの言葉に、船乗りは答えずに口角を引き上げた。


エリンは教えられた宿に向かったが、建物を前にして途方に暮れた。

ステラを連れていくためには、まず外に呼び出さねばならない。しかし、リヒターやシルバーが一緒にいれば確実に怪しまれるだろう。止められるかもしれないし、一緒に来ると言うかもしれない。

もしもステラが来てくれなかったらジュドルが……。

リヒターたちが一緒でも大丈夫なのだろうか？　いや、あの雰囲気からしてダメそうだ——そう考えて立ちすくんでいたところに、幸と言うべきか、不幸と言うべきか、ステラが一人で宿から出てきた。

「それで声をかけて、ステラちゃんを連れていきました」

本当にエリンに監視がついていたのかはわからないが、彼女は船乗りに命じられた内容をきちんと守った。そしてステラも騒ぐことなくついていった、というのに。

「なのに、倉庫に戻ったらジュドルくんはすでにやられてたと」

つまりステラが行こうが行かなかろうが、ジュドルは工房の人間に腕を潰されていたのだ。エリンは伝言役として利用されて、用事が済んだので口止めついでに焼いてしまおうとした、というところか。

(うーん？　結局火をかけて殺すつもりなら、腕を潰す必要あったのかな)

火で死ななかったときの保険のため――というのもおかしな話だ。

なんだか妙にずさんで、ちぐはぐに思えて、ステラは眉をひそめる。

「はい……それで、私もステラちゃんもローブの連中に捕まりました。そのあとステラちゃんが二人倒したんですけど、相手の一人が変な武器を持ってて、結局ステラちゃんもやられちゃって」

「変な武器？」

リヒターに聞き返され、エリンは困った顔で首をかしげた。

「今まで見たことがない、手のひらより一回り大きいくらいの小さい機械で……人の体に押し当てたあとに、機械がバチンッって光ると、その人が動かなくなるんです」

はじめて見た武器をどう説明していいのかわからないのだろう。代わりにステラが口を開いた。

「足に当てられたやつですよね。小さい機械に見えたけど、静電気のすごい強いみたいなのが出るんですよ。電気のショックで一瞬体動かなくなって、それで隙ができちゃったの」

あのときエリンが警告をしてくれたので、どんな機械でなにをされたのかを見ることができたのだ。

あれは刃物や熱による攻撃ではなく、電気による攻撃だった。

ステラの電気という言葉に、今まで黙って話を聞いていたジュドルもうなずいた。

「ああ、たぶん俺が最初に背中にやられたのもそれだと思う。体が硬直するっていうか、筋肉がひきつるみたいな感じがした。で、やられた場所は火傷したときみたいにヒリヒリ痛んだ」

「そうだね、ヒリヒリする……って、たしかに火傷みたいになってる」

ステラがレギンスの裾を引き上げてふくらはぎを確認すると、小さく赤い火傷の痕のようなものが残っていた。

「……ローブのやつらは皆殺しだな」

「シン、ぼそっと怖いこと言わないで」

ステラの傷を見たシルバーが、不快感の滲む声を出した。ステラに触れていなかったら精霊が動きだしていただろう。――もしかしたらリヒターはこれを予測して、ステラにくっつくシルバーを放っておけと言ったのかもしれない。

そのリヒターはステラの足の傷を見つめ、ふむと顎に手を当てた。

「その傷跡は……ダイアスのスタンガンだね」

「すたんがん？」

耳慣れない単語にステラは首をかしげる。

「王立軍で使ってる電気仕掛けの武器だよ。一瞬だけど、動きだけじゃなくって声を出すのも止められるから、対精霊術士武器とも言われてる――で、かなり高級品」

「軍が使う高級品っていうことは、あんまり流通してない物ですよね？」

「少なくとも工房の職人や船乗りが簡単に手に入れられるようなものじゃない。ダイアスの誰かが用意して渡したんだろうな」

「それは……ダイアスが関与してるって言っているようなものでは」

一連の暴行も拉致も明らかに犯罪だ。そんなところに武器を提供したのだから、ダイアス家自体が罪に問われるのではないだろうか。

だが、シルバーが首を振った。

「実際に武器を使ったのはダイアスの人間じゃないはず」

「そう、いつも『すでに流通した製品の不適切な使用事案に関してはこちらが把握する範囲ではない』で逃げられるやつだ。まったくいまいましいね」

つまらなそうに言ったシルバーの言葉にうなずき、リヒターはわざと強い口調で続けた。きっとダイアスの誰かのマネなのだろう。口真似ができてしまう程度に、よくあるやりとりなのだ。

「ステラがやられて、みんな捕まって、船に運び込まれてしかも火をかけられたと。——どっちか運び込まれたあたりのことは覚えてる？」

リヒターはそう言って、エリンとステラの顔を交互に見る。

しかし、ステラはそのあたりの記憶がないので、首を振ってエリンを見た。だが、エリンも同じように首を振っていた。

「捕まったあとなにかの薬を飲まされて、眠っちゃったので……起きたときにはもう閉じ込められて火が燃えてました」

「私もそうですね。起きて少ししたら、シンとアグレルさんが来ました」

「ふむ、その先の流れは簡単にアグレルくんから聞いているけど、シンはなにか報告しておくことある？」

「ない」

「そう言うだろうと思ったけどね……」

リヒターは苦笑気味に言うと、組んでいた足を崩した。

「——一応僕のほうの話をすると、僕が精霊術士協会で会長と話をしているところにさっきの紺色のローブの彼がやってきて、僕のかわいい娘が船を見学したいってわがままを言って、男同伴で無理やり船内に入ったって教えに来てくれたんだ。出発時間になるのに船に入ったまま出て来ない、船員たちが困っているからどうにかしてほしい、と」

「はあ……別に引きずり出せばいいと思いますけど」

いくら偉い人の娘だと言っても、船の運行は町の経済や多くの人の仕事に影響する問題なのだから、おもねる必要などないではないか。眉をひそめたステラに、リヒターがうなずく。

「普通はそうだよね。これはだいぶ面白いことを言い出したなと思って、その彼を連れて見に来たら、船着き場は僕の娘の件じゃなくて、正体不明の爆発で大騒ぎになってた」

「ああー……」

その爆発も『僕の娘』の仕業だが。

ステラがシルバーに視線を向けると、彼はなんの話かわからない、とばかりの表情で、かわいらしく首をかしげた。

「爆発が起こったけど被害も原因も確認できないって大騒ぎでさ。サニディンの町長も呼び出されて、警備隊総動員で船を調べ始めてね。で、そうこうしているところへアグレルくんが人を殺しそうな顔でやってきた」

あのときのアグレルの顔は、ステラも『人を殺さんばかりの顔』だと思ったが、やはり他の人から見てもそういう顔だったらしい。本当に取り押さえられなくてよかった。

「それで焦ったのは犯人側の人々だ。ユークレースの娘のせいで船が運行できないっていうお芝居をしようと思っていたのに。うまくいけば、横領の件も有耶無耶《うやむや》にできるかもしれないって思ってたんだろうな」

しかし現実は、謎の爆発が起きた上に、閉じ込めたはずの相手が出てきてしまった。しかも実は人違いだったのだ。

「って、ここの所長があんなに落ち着きなかったのは、犯人だから？」

娘を拉致したはずなのに、そもそも娘が存在していないと聞かされたら、それは焦るだろう。

――だが、横領の犯人で、この件を有耶無耶にしたかったのは精霊術士協会の人間ではなかったのか。

船舶の管理事務所の所長が、精霊術士協会の資金を横領？

ステラの頭の中では、人間関係の相関図が大混乱を起こしていた。

「そう。ついでに、僕を呼びに来た精霊術士協会の彼も、チラチラと所長を見ていた」

「あ、……それを確認するために、娘が死んだ、なんて演技をしたんですね」

「御名答。だいたい予想はついていたけど、一応確認しておきたくて」

あの演技は野次馬の人々の同情を誘うためなのかと思っていたが、容疑者の反応を窺うためのものだったらしい。

だが、この部屋の中にも騙《だま》されていた人間がいた。

ジュドルとエリンがぽかんとした顔でリヒターを見つめた。

「演技……？」

「え、……娘さんは亡くなっていないんですか？」

「まあいろいろ理由があって、病弱な娘がいるっていう設定だったんだ、去年まで」

「設定……？」

呆然とつぶやくエリンの横で、ジュドルが「同情して損した」と顔をしかめた。

一方のステラは『病弱な娘』という単語に引っかかりを感じて、記憶を探っていた。

（ものすごく最近、どこかで聞いたような……）

「あ！　そういえば、倉庫でロープのやつに『病弱なはずじゃなかったのか』みたいなことを言われました」

それまでおとなしく従い、縛られていたはずのステラが突然反撃を始めたことに驚いたロープの一人が、たしかそんなようなことを言っていた。

病弱で普段家にこもりきりの少女ならば、あんなふうに倉庫に連れ込まれ、ロープの男たちに囲まれたら怯えて抗《あらが》うことすらできない――と考えても無理はないかもしれない。ならば、あのゆるい縄の結び方や遅すぎるさるぐつわなどのずさんなやり方も、まあ理解できる。

「今回の件はたぶん、『ユークレースの病弱な姉と健康な弟』っていう情報を持っていた誰かが、ステラとシンを見て姉弟だと勘違いしたんだろう」

「姉弟って、どう考えても見た目が違うのに……」

髪色が一緒のアグレルと兄妹だと思われるならばわかるが、ステラがこんなキラキラしい一族の一員であるわけがないではないか。

「はは、人は自分の見たいように世界を見るものさ。犯人は工房がユークレースの味方についたことで焦ったんだろう。だから、手っ取り早くユークレースにとって不都合な問題をでっち上げようとした。――でも、僕になにか仕掛けるよりも子どもを狙うほうが安全かもしれない。そしてどうせなら病弱な女の子のほうがいい。だから僕たちと一緒にいる女の子を見て、『これは娘だ！』って勘違いしたんだろう」

犯人は工房がユークレースを敵視することを狙っていたのに、逆に味方になってしまった。このままでは計画が失敗してしまう。

だから焦った犯人は、手っ取り早くユークレースに対する反感を抱かせようと考え、急ごしらえの拉致計画を企てて、ユークレースの名前で問題を起こそうとした。

それで、どうやらリヒターの娘と親交があるらしいジュドルを人質にして娘を呼び出し、二人を拉致して船に閉じ込めた――。

「私が巻き込まれた理由はわかりました……でも、腑に落ちないんですけど」

「おや、どのあたりだい？」

どのあたりと言われても。

リヒターに聞き返されて、ステラは首をかしげる。

いくら考えても矛盾点が多すぎるのだ。

「……もしかして、犯人って複数勢力あります？」

第六章　最終的に狙われたのは

「それこそ、私が男を船に連れ込んで――なんて問題にしたいなら、私とジュドを眠らせて、周りに酒瓶でも転がして閉じ込めておくだけでもよかったはずです」

　酒瓶が転がる中に眠っている男女。

　事前にわがままを言って入り込んだ、なかなか出てこない、男を連れ込んだ――という情報を流しておいて、二人が寝転がっているその状況を何人かに目撃させれば、十分スキャンダラスだろう。

「それなのに、ジュドに怪我をさせるのも、縄でぐるぐる巻きにするのも、エリンさんを一緒に閉じ込めるのも、火をつけるのも、むしろ第三者による犯罪を匂わせるだけじゃないですか」

　ステラの言葉に、やはり引っかかりを感じていたらしいエリンがうなずいた。

「そう、そうなんだよね。ウチの工房のやつも、さすがにジュドや私を殺そうとまでは思ってなかったと……思いたい、けど……」

　エリンは身を縮こめて、ためらいがちに隣に座るジュドルのほうを見た。その視線を受けたジュドルはなにかを諦めたような顔で、軽く肩をすくめて口を開く。

「……工房のやつが暴走して派手に怪我させたから、証拠隠滅のために焼き殺そうとしたんじゃねえの」

　たしかにそれはありえる。だが、ステラは頭を振った。

「でもさ、そもそもあのローブの人たち、全員が工房の人たちじゃないよね。拉致を目的にしてたんなら、精霊術士協会の人なんかもいたんじゃない？」

「うん、少なくとも私に『ステラちゃんを連れてこい』って言ったのはウチの工房のやつじゃないよ。

それに『こちらは、潰す部位にも生死にもこだわりがない』って言ってたし……あ、でもステラちゃんを連れて戻ってきたときには、そいつ、いなかったかも……」

「その人って船乗りの格好をしてたんでしたっけ」

単純にエリンのいない間にローブを着ただけかもしれないので、はっきりいなかったとは言えない。

しかし、『こちらは』という言い回しは、別の組織の存在を匂わせている。

「ああ、倉庫の入り口なら俺も見たな。たしかに見たことのないやつだった。ついでに言うと、微妙に船乗りっぽくなかったんだよな……なんとなくだけど、目つきや動きに隙がなくて、傭兵みたいな雰囲気のやつだった」

(ジュドルの言うことが本当なら、その船乗りはきっと誰かに雇われて私たちを狙った……でも、誰が?)


それぞれの目的は――

ダイアスは精霊術士協会を潰し、ユークレースに打撃を与えること。

横領をしていた精霊術士たちは横領を隠すこと。

工房の職人たちはジュドルの腕を潰すこと。

船舶管理事務所の所長は、――ジュドルの話によれば、船着き場の整備拡張のために寄付を募っているはずなので、それを利用して横領でもしていたのかもしれない。ならばそれを隠すのが目的、というところか。

彼らの中で、所長と精霊術士の二者が結託して『リヒターの娘の問題』を起こすために動いていた。

そして、工房の面々はジュドルに傷を負わせた。

これらの目的では船に火をつける必要がないし、人を殺害することまでは考えていなかったはずだ。

それに、船が燃えてしまったら全員が損害を受けてしまう。

残るはダイアスだが――。

リヒターがダイアスについて、甘い話で唆して他人を動かすのが得意で尻尾をつかませない、と言っていた。

ユークレースの当主やリヒターからいつも逃げているような相手が、こんな破綻した計画を立てるとは思えない。

「リヒターさんは昨日、ダイアスに後ろがいるかもって言ってましたよね」

「お、覚えてたか」

「……リヒターさんも、シンも、本当はそこに誰がいるか知ってるんですね」

「――知っているというか、だいたいこうだろうという予想はできてるよ」

「その誰かが、ダイアスの企みに乗じて私たちを殺そうとした……」

リヒターの先ほどの演技は、実行犯を確認しただけにすぎない。

そして、シルバーが言われなくても動くのは、一連の黒幕を知っているからこそだ。

だけど、その黒幕の名を出さないのは――それだけ力を持った相手だから。

「もしかしてそれは、王家ですか？」

ステラの言葉で、ステラとリヒターのやりとりを不安そうに見守っていたジュドルとエリンが、息を呑んだ。

普通に生きていたら一生関わることなどないであろう王家、ひいてはこの国自体が、自国の一国民の命を狙った――などという話、ステラも自分で言っていて否定してほしい気持ちでいっぱいである。

だが、リヒターは否定せず、困ったように少しだけ微笑む。

それはもう、明確な回答だった。

――そうして部屋全体に短い沈黙が落ちたところで、それまでぐったりと目をつむっていたアグレルが、ソファに沈めていた体をだるそうに起こした。

「ステラ・リンドグレン、その話はそこまでにしておけ」

「でも、」

「王家ににらまれて、呪いを利用されたら我々には対抗するすべがない。触れずに済むなら触れるな」

我々――クリノクロアは救いを求める精霊がいれば能力を使わずにはいられない。そして、相手が国家レベルならば、やろうと思えばそういう精霊を『量産する』ことだってできるのだ。

リヒターやシルバーが黒幕についてはっきりと語らないのは、ステラを関わらせたくないからなのだろう。

「……わかりました。でも一つだけ教えてください。……最終的に狙われたのは私？　それともユークレースの娘？」

狙われたのがステラなら、思いつく理由はクリノクロアの血を引いていることくらいである。

ステラがいることでアントレルにもユークレースにも迷惑をかけてしまうならば、ステラはこれ以上誰にも迷惑をかけないようにクリノクロアの本家に向かい、保護してもらうよう願い出るべきだろう。

知らず知らずのうちにぐっと拳を握りしめていたステラの肩に、シルバーがこてんと自分の頭を預けた。

「現状ではステラが狙われる理由はない。狙われたのは『シンシャ』だと思う」

自分ではなかった、とホッとすると同時に、狙われたのはシンシャ――シルバーであるということに、不安と怒りがこみ上げてくる。

ムッと押し黙ったステラを見てシルバーはくすりと笑った。

「ステラ、私は大丈夫だよ。狙われたって返り討ちにするだけだから」

「そういう問題じゃないでしょ……」

「今はまだそういう問題なんだよ」

「今はまだ？」

「うん」

シルバーはうなずいたが、説明するつもりはないらしい。これも、触れずに済むなら触れないほうがいいこと、なのだろうか。

だが、返り討ちにするという言い方をしたということは、きっとこれからもシルバーが狙われる可能性があるということだ。そんな重大なことを教えてもらえないというのは、やはり面白くない。

ステラが再びムッとしていると、エリンがおそるおそるといった様子で小さく手を上げて、口を開いた。

「えーと……ごめんなさい、事情がよくわからないんですが」

エリンとジュドルは、シンシャとシルバーの関係も、ユークレースとダイアスの関係も、ステラがクリノクロアの血を引いているというのも――そもそもクリノクロアという名前自体――知らないはずだ。

今の会話の内容はさっぱりだっただろうし、さらに、当然のように一緒に行動して治癒魔術を使った、アグレルの正体も不明なのである。

「ああ、ごめんね。つまり、ユークレースと敵対しているダイアスが武器と悪知恵を提供して、それに乗ったのがこの事務所の所長と、精霊術士協会の一部。工房との契約金や寄付金を横領していたんだ。この、ダイアス以外の人々を犯人Aとしようか」

そう言ってリヒターは指を一本立てた。一組目の犯人ということらしい。

立てた指を軽く振りながら、言葉を続ける。

「僕が工房から協力を得たことで、自分たちの悪さが露見するのを恐れた犯人Aは、問題を起こして工房と僕の関係に亀裂を入れようとした。ついでに町から追い出すつもりだったのかもしれないね」

「問題って、ユークレースのせいで船が運行できないっていうやつですか？」

「うん。Aの目的は船が止められればそれでよかった。怪我をさせるつもりも、船を燃やしてしまうつもりもなかった」

で、次に……とリヒターがもう一本指を立てた。

「犯人Bは工房のお嬢さんのお仲間だね。彼らの目的はジュドルくんを傷つけること。ステラとジュドルくんが親しいっていう情報はここがもとだろうね。中途半端に伝わったみたいだけど」

「私がジュドを侍らせてたっていう話でしたっけ……単なる幼なじみなのに、どこがどう伝わったんだろうね」

「……そうだな」

ステラが同意を求めジュドルに目を向けると、彼はやや虚ろな目をしてうなずいた。

「でっ、でもっ！……ステラちゃんがさっき言ったように、ジュドルが血まみれなのは犯人Aにとっては不都合じゃないですか？なんで止めなかったんでしょうね⁉」

なぜか慌てた様子のエリンが大きな声を出して話を変えたので、ステラは驚いて目をパチパチさせる。

そんな様子にリヒターは苦笑しながら話を続けた。

「その、利害が一致しないはずのAとBを操って利用したのが犯人C。こいつの目的は僕の娘の殺害。そのために所長たちの悪事が露見しようが、ジュドルくんがどうなろうが、船が炎上しようが関係なかった。……お嬢さんとジュドルくんが会ったっていう船乗りは、この犯人Cだと思う」

「うわ……なんだかヤバそうな雰囲気の人だとは思ってたけど……」

三本目の指を立てたリヒターの言葉に、エリンが自分の体を抱いて顔をしかめた。

ジュドルは傭兵のような雰囲気だったと言っていたので、きっとその船乗りは、犯罪やそれに近いような荒事を引き受ける家業の人物なのだろう。

「そうだね、仮にどこかで見かけたとしても気づかないふりしたほうがいいよ。向こうの目的はユークレースだろうから、たぶんもう君らに関わることはないと思うけどね」

エリンとジュドルが戸惑いながら目を見合わせたところで、リヒターは部屋の扉に目を向けた。

「さて、そろそろ協会長が医者の手配を終えて迎えに来る頃かな。――僕は町長をついて、悪事に加担した連中をしょっぴいてくるよ。だから君らはちゃんと怪我の手当をしてもらいなさい。特にステラ」

「はーい……」

一番重症だったはずのジュドルは治癒魔術で傷が治っているため、実は現在もっとも傷だらけなのは、電気を食らって殴られたステラだった。

頭のこぶを撫でながらステラが返事するのを確認したリヒターは、ニコリと微笑んだ。そして。

「あ、シンにはあとで爆発について詳しく説明をしてもらうからな」

威圧感のある父の笑顔に、シルバーはそっと視線をそらした。

＊＊＊

連れていかれた診療所――ユークレースの息がかかっているとシルバーが言っていた――でお湯をもらって煤や汚れを落とし、あちこちの擦り傷やら打ち身やらの手当をしてもらって、落ち着いた頃には日がとっぷりと暮れていた。

一番怪我をしていたのはステラで、エリンは擦り傷程度。アグレルはやはり船酔いで、吐き気止めを処方されて寝台でしばらく伸びていた。

そして――ジュドルに至っては、健康そのものだった。

回復直後こそふらついていたので、周りの人間は血が足りないのでは……と心配していたのだが、診察の結果、貧血症状などはまったく見られなかったらしい。

医師の見立てでは、大量の魔力を一気に浴びたせいで軽い中毒を起こした、というのが有力な線のようだ。その中毒が落ち着いた現在は、ジュドルいわく、むしろ怪我をする前よりも体調がいいという。

エリンはジュドルとステラに謝罪をして、二人ともそれを受け入れた。

直接的に二人を巻き込んだのはたしかに彼女だが、結局彼女も同僚に利用されていたのだし、さらに言えばユークレースの抱える問題に巻き込まれた被害者でもある。

それに、原因を突き詰めていくと、ステラがこの町に来なければ、工房を訪れなければ……と、どこまでもキリがないので、お互い痛み分けということでその話を終わらせた。

そのエリンは現在、一応犯人グループ側と関連があるということで、事情聴取を受けている。しかし、リヒターの口添えもあるので、罰が下るようなことはないだろう。

そしてシルバーは、リヒターと精霊術士協会の会長から、事情聴取という名の説教をされている。

そんなこんなで今、精霊術士協会の一室に押し込められているのはステラとジュドル、それにアグレルという三人だ。

事情を聞くかもしれないから、ということで宿にも帰れず留め置かれているのだが、特段やることがない。

ステラとジュドルだけならば気安く会話もできるだろうが、ご機嫌の悪い顔でソファに身を沈めているアグレルがいるせいで、ジュドルは話をしづらいようだ。

「で、その……アグレルさんとステラは、どういう関係なんだ？」

ジュドルに遠慮がちに聞かれて、ステラは、はた、と動きを止めた。

アグレルは――親族であることは覚えているが、売り言葉に買い言葉で口喧嘩をしていた記憶のほうが鮮明で、詳しい関係性を覚えていない。

たしか、父の兄弟がどうこう言っていたはずだ。

「……叔父さんだっけ」

探るようにアグレルを見ると、彼は大げさに深いため息を落とした。

「非常に不本意だが、私はこの阿呆の従兄弟にあたる」

「そうだ、父さんのお兄さんの息子だった」

「ステラ、お前……まあ、ってことは、レビンおじさんの親族か。髪の色が同じだからまさかとは思ってたが。……あの人、天涯孤独じゃなかったんだな」

ステラの父のレビンは、自分には家族がいないと言っていた。ステラとステラの母も含めたアントレルの誰もがそれを信じていたのだ。

ジュドルはステラに親族がいたことを喜ぶべきか、騙されていたステラたち母子のために腹を立てるべきか、微妙に困ったような表情をしていた。

「だね。家出してアントレルに隠れてたっぽい」

「家出……じゃあ、実家のやつに見つかりそうになったから姿を消したのか？」

チラリ、とアグレルに視線を向ける。

そのアグレルはジュドルの視線に、不愉快とばかりに眉を引き上げた。

「違う。こちらもずっとレビンを探している」

「ってことは、失踪の原因は不明のままか」

「うん。まあ、アグレルさんも協力してくれるそうなので、ひとまずアントレルの森をもう一回探そうかってことで、今アントレルに向かってるの」

「もう一回ったって、もう十年も……」

ジュドルは言いかけた言葉を止める。

十年前に行方をくらませた人を探して森に入る――普通に考えたら、遺体や遺品の捜索だ。そこに思い至って、続きを言うのをやめたようだ。

百歩譲っても、時間が停まった状態で森の中にいる可能性など考えるわけがない。

「ま、そういうこと」

明らかにジュドルは勘違いをしているが、だからといってクリノクロアの事情は話せないので、ステラはそのままうなずく。

「……そうか、熊とか狼とかに気をつけろよ」

「大丈夫大丈夫。シンとリヒターさんも一緒に来てくれるから」

「ああ、なら大丈夫か……ユークレースだもんな。……あと、俺を治療した魔術って――」

「それについては忘れろ。へたに話題に載せようものなら、よけいなトラブルに巻き込まれるぞ」

ジュドルの言葉をアグレルがかぶせ気味に中断させる。

強い視線と口調だが、内容はなんとなくぼんやりとしている。

なんとなくぼんやりとしているが、脅しは脅しである。ジュドルはややひるんで、そしてステラに目を向けた。

たぶん、「お前、一体なにに巻き込まれてるんだよ。大丈夫なのか」と言いたいのだろう。それを察して、ステラはジュドルを心配させないように力強くうなずいた。

「私はもうがっつり巻き込まれて手遅れだから大丈夫」

「いや、大丈夫の意味がわかんねえよ！」

幼い頃の癖で、ジュドルがステラの頭をぽこんと軽く叩く。――のと同時に、部屋の扉が開いてシルバーが入ってきた。

「……なにしてんの」

無表情のシルバーがジュドルに冷え切った目を向ける。

部屋の窓から風など吹き込んできていない。それなのにシルバーの周りだけ風が巻き起こっており、彼の白金の髪がふわりと揺れていた。

「ただ普通に話をしてただけだよ。軽く叩くくらいよくあることでしょ」

「……ステラは怪我してるのに」

「大したことないもん。――それより私、冷たいものが飲みたいんだ。私は一人で動き回っちゃだめなんだよね？　シン、運ぶの手伝って」

ぱっと立ち上がったステラがシルバーの腕に触れると、彼の髪を揺らしていた風が止まった。ステラはそのまま腕を軽く引っ張って、部屋の外へと促《うなが》した。

さすがにそんなことはしないと思いたいが、妙に機嫌の悪いシルバーがここでアグレルやジュドルと喧嘩でも始めたらたまらない。

「……わかった」

渋々、と言うにはややうれしそうな顔でシルバーがうなずき、ステラに腕を引かれるまま素直に部屋をあとにした。

＊＊＊

そして、最終的に部屋に残ったのは、蛇ににらまれた蛙よろしく固まったジュドルと、それを興味深げに眺めているアグレルの二人だ。

「あの程度の睨みで縮み上がるなら、ステラ・リンドグレンは諦めたほうがいいんじゃないか」

不意にかけられたアグレルの声に、話しかけられたこと自体になのか、はたまたその内容になのか、とにかくジュドルは驚いて肩をはねさせた。

「いやっ、あー、……つーか、なんでステラのことずっとフルネーム呼びなんすか？」

「残念ながらあれが私の従姉妹だからだ」

「は……?」

まるで謎掛けのような答えにジュドルはまばたきする。

「理由など知らなくていい。それよりも、ユークレースの連中は気に入った相手には固執《こしつ》するから、シルバーは絶対に引かないぞ」

「はあ……シルバーはフルネームじゃないんすね。……いや。ステラのことは、諦める以前の問題で……」

言いながらジュドルは視線をさまよわせ、自分の頭をガシガシとかいた。

「俺は……田舎を離れるときに、ステラとはもう一生会うことがないだろうなって思ったけど、それでも硝子細工を選んだんです」

ジュドルはそう言って、少し遠い目をした。

「この町にいて、たまにあいつを思い出すことはあっても、だからってアントレルに戻ろうとは一度も思わなかった。俺にとってステラはそういう存在なんです……ああ、別に軽んじてるわけじゃ――」

「まあ、言いたいことはなんとなくわかる」

慌てて言い訳を続けようとするジュドルに、アグレルは不要だとひらひらと手を振る。ステラがどうでもいいわけではなく、彼にとって硝子細工が大切すぎるのだろう。

「ええと、だから、さっき言いかけた続きなんですけど……」

ジュドルは椅子から立ち上がって、アグレルに向かって深々と頭を下げた。

「俺の腕を治してくれてありがとうございました。魔術には危険が伴うってシルバーから聞きました。だから、アグレルさんにちゃんとお礼を言っておかないといけないと思ってて」

頭を下げたまま一気に言ったジュドルに、さすがのアグレルも動揺する。

そもそも、アグレルは人に礼を言われることに慣れていないのだ。

「私は……礼を、言われるようなことはしていない。こちらに危険が及ぶようだったら、その前に術を止めるつもりだった」

「それでも、俺にとって硝子細工は生きる意味なんです。だから、アグレルさんの魔術の結果として、これからも細工が続けられるってことは、俺には生きるよりも大事なことなんですよ」

生きるよりも大事だと、昂然《こうぜん》と言い切れるジュドルが眩しく思えて、アグレルは目を眇《すが》め、少しそらした。

「……ステラ・リンドグレンが、お前の作ったものを何度も褒めていた。あいつはお前の利き腕の傷を見て、真っ先に硝子細工ができなくなると言って本気で悔しがったんだ。だから、治療が必要だと思った。……硝子細工がお前の生きる意味なら、それを救ったのはステラ・リンドグレンであって私ではない」

自分で言っていて、筋が通っていない気がするが——あのときステラが涙を滲ませていなければ、アグレルはレビンのための魔力を放出してまでジュドルを助けようとは思わなかっただろう。

だから、アグレルにとってジュドルの回復は、ステラの功績なのだ。

「アグレルさん、ツンデレ……」

聞き覚えのあるその単語に、アグレルはシルバーのように舌打ちをした。

「お前もか……侮辱と受け取っておく」

「あ……いや、誉めてるんですよ」

「うるさい。もう黙ってろ」

そのままアグレルはソファに身を沈めて目を閉じてしまう。

そしてそれから、ステラたちがにぎやかに冷たい茶を持ってくるまで、部屋の中は沈黙が続いた。

＊＊＊

結局、サニディンで行われていた精霊術士協会の不正行為は、大きく二つ。

一つは、一部工房との契約金を水増ししてその差額を着服していたこと。

もう一つは、船着き場の拡張工事を名目として寄付を募り、そのほとんどを着服していたこと。

船着き場の寄付のほうは精霊術士協会だけでなく、船舶管理事務所の所長とサニディンの役人も数名絡んでいた。

そして不正に絡んだほとんど全員が、なんらかの形でダイアスとの関わりを持っていた。

だが、その誰一人としてダイアスの人間に直接犯罪を勧められた者はおらず、みんな気がついたら自ら進んで犯罪行為に手を染めていた——というのだから、ダイアスのやり口は見事としか言いようがない。

さて、精霊術士協会で不正に関わっていたのはかなり上層部の人間で、そこからトップダウンで横領を行っていたらしい。

その上層部の人間——工房でシルバーが見かけた人物は、なんと副協会長だった。

業務の関係で過去にレグランドのユークレース本家に来ていたことがあり、それでシルバーが顔を知っていたのだ。

シルバーはステラが拉致された日にリヒターと一緒に協会長のもとを訪ねていたのだが、実はそのあたりの話をしに行っていたらしく——

「あのちょび髭《ひげ》がバカなこと考えなければステラから離れずに済んだし、ステラが怪我せずに済んだのに」

と、しばらくぶつぶつ文句を言っていた。

そのちょび髭副協会長は船の事件から一週間ほどたった今も取り調べが続いていて、叩けば叩いただけ埃《ほこり》が出る……とばかりに余罪が発覚してしまい、彼を副協会長に取り立てた協会長の任命責任などという話にもなっている。

だが、悪いことばかりでもなかった。

ちょび髭はダイアスの協力を受けて、協会長の娘の駆け落ちの手引きもしていたことが明らかになり、彼女が連れ去られた経路が判明したのだ。

船を乗り継ぎ、いくつかの町を経由しながら他国へ行くルートだったため、リヒターはすぐにその経由地にあたる町やその近隣へ、人を差し向けた。

そして――娘と駆け落ち相手の男は、そのうちの一つの村で匿《かくま》われているのが発見されたのだ。

彼らは現在サニディンへ護送中で、数日のうちには戻ってくる予定だ。

どうやら、協会長の娘を口説き落とした男は人身売買にも関わる犯罪組織の一員で、彼女を商品として隣国まで――なんと隣国には人身売買の闇マーケットがあるという――連れてくるように命じられていたらしい。

だが、彼は一途に自分を慕う少女のいじらしさに絆《ほだ》されてしまい、途中で彼女を連れ逃走。

事情を知った親切な村人に匿ってもらえたものの、あちこちに組織の追手がうろついていて身動きが取れなくなっていた――という状況だったそうだ。

そんなこんなで、今にも町から飛び出して娘を迎えに行ってしまいそうな協会長夫婦を抑え、諸々の事後処理に忙殺されているのがリヒターで、シルバーもその手伝いをさせられているため、アントレルへ向けて出発するにはまだ数日かかる見通しだ。

特に手伝いもできないステラとアグレルは、滞在場所を宿から協会所有の宿泊施設に移したのだが、安全のため、勝手に外出してはいけないと念押しされてしまった。

ここでできることといえば、協会の書庫にある本を読むことぐらい……という、漫然とした日々を過ごしている。

こんなふうにステラが缶詰にされる原因となった拉致監禁にも、ダイアスが絡んでいる。


……とステラは思っていた、の、だが。


調べが進むにつれて、実はこの件に彼らはまったく噛んでいなかったことが明らかになってきた。

ジュドルを利用することを決めたのも、スタンガンを提供したのも、そして船室に火をかけたのも、主導したのはすべて『船乗りの男』だったらしい。

つまり、その男がリヒターの言うところの犯人Cなのだ。

その男は、管理事務所の所長と役所の人間には『精霊術士協会の提案』だと説明し、逆にその協会の人間には『所長と役所の提案』だと説明したらしい。だからあの船着き場でリヒターに問い詰められた精霊術士は、「お前の立てた計画だろ！」と所長を見たのだ。

この犯人Cはあちこちで裏工作をした形跡を残しているのだが、当の本人は煙のように姿を消してしまっていた。

（犯人Cは王家からの刺客で、シンシャの命を狙った……なんで今頃、シンシャなんだろう）

シンシャは体が弱くて家にこもりがちのリヒターの長女——という設定で、すでに存在していない人物である。

国内で最大の勢力を誇るユークレースの動きは注視されているはずで、本家ではないとはいえ、リヒターの娘が実は息子だったということは、王家ならばきっともう把握していると思うのだが。

（狙われたって返り討ちにするだけ。今はまだ、そういう問題……）

ユークレース家は王家との間に揉め事を起こすことを望んでいない。それなのに話し合いを持とうとするのではなく、刺客を返り討ちにするということは——返り討ちにしても問題にならないという意味でもある。

（ってことは、シンを狙う刺客を差し向けたのは、王家の中心にいる人じゃないってことなのかな……）

ステラはこれまでまったくロイヤルファミリーに興味がなかったので詳しくは知らないが、それでも今の王家は内部で揉めていると聞いたことがある。

たしか後継者候補に関する問題で——それなら、有力な一族を後ろ盾として取り込みたい、もしくは相手候補に取り込ませたくないという水面下の争いがあってもおかしくない。

女性のシンシャを狙ったということは、考えられるのは王族男性の結婚相手候補という線だ。この国には今、王子が二人いるが、その二人の争いだろうか。

それとも他に後継者候補が——

「ステラ」

「ひゃい！」

書庫の机で本を開いたまま考え込んでいたところに、突然声をかけられてステラは飛び上がる。顔を上げると、すぐ横にシルバーがいた。

「なに難しい顔してるの」

そう言いながらシルバーは、小さく首をかしげる。

彼は四十センチという距離を本当に守っているため、ステラの真横に椅子を持ってきて座っていた。

それなのに気づかなかったほど、ステラは考え込んでいたらしい。

「ん、えーと、ジュドは大丈夫かな……って思って」

「……ふーん」

触れるなと言われていたことをつらつらと考えていたのが後ろめたくて、思わず別のことを言ってしまう。ジュドルが心配というのも頭の片隅にあったので、とっさに出てきてしまった。

「シンは休憩?」

「そう」

取り繕うように続けたステラに、シルバーは不満げな表情を浮かべて、机に頬杖をついた。きっと彼は、ジュドルの名前を出したのが気に入らないのだろう。

「あいつのなにがそんなに気になるの」

ややむくれたシルバーの言葉で、ステラは考え込む。

あの一連の事件の中で、ジュドルはステラを確実におびき寄せるための餌《えさ》として使われていた。そして、負わずに済んだはずの傷を負ってしまった。

腕の傷もそうだが、それよりも――。

ジュドルに害意を持っていた工房の職人たち、つまり犯人Bの正体はジュドルの先輩にあたる二人だった。

彼らは事件を起こす前日、行きつけの酒場でいつものように遅くまで飲んでいた。そこである男に声をかけられ、意気投合して計画に協力したのだと証言した。

この『ある男』はもちろん犯人Cだ。

二人の証言から考えて、彼らの酒には意識を朦朧とさせるような薬が混ぜられていたようだ。そのせいで『ジュドルを害さないと、細工の腕で劣る自分たちが工房から追い出される』という考えを刷り込まれてしまったのだと考えられる。

彼らが引き起こしたのは明らかな傷害事件ではあるが、薬のせいで行動がエスカレートしてしまった、ということで処罰は多少斟酌《しんしゃく》されるという。

――ただし、彼らはもともと素行に問題のある二人だったらしい。

今までは大目に見ていた工房長のコールスも今回の件の報告を受けてついに激怒し、二人とも破門を言い渡されたそうだ。

一方で彼らに利用されたエリンは、結果的に犯罪に加担してしまっただけなので特段罪を問われることはなかった。

……のだが、彼女は自ら工房長のコールスにすべてを話し、先の二人と同様の処分を求めた。

その結果、コールスが下した処分は『主に見習い生が行う仕事である工房清掃を一ヶ月間行うこと』だった。

数日前に会ったときに彼女は「破門されて当然だって思ってたから、ここにいられて変な感じがする」と笑っていた。

そして、問題のジュドルだ。

ステラの前では平気そうな顔をしていたが、なんの伝手《つて》もなく一人飛び込んだサニディンで受け入れてくれた工房の、その先輩であり、仲間でもある人たちからあそこまでひどく憎まれていたという事実は、相当こたえたはずだ。

　あっけらかんとして気のいいエリンですら妬んで、仄暗《ほのぐら》い気持ちを持っていたというのだから、ステラだったらものすごくショックだろうし、工房の他の人も同じように思っているんじゃないか……などと疑心暗鬼になって思い悩んでしまうかもしれない。

「ジュドって私の前では強がるから、本当はすごく落ち込んでるのかなって」

「強がったなら、大丈夫だって思ってほしいんだよ」

「でも」

「ステラは男心がわかってない」

　ステラだったら、強がったとしても落ち込んでいるのに気づいてもらえたらうれしい。でも、男性はそうではないのだろうか。それに、それは性別による違いなのだろうか。

　なんとなく、性別を理由にしてこれ以上関わるなという壁を作られたように感じて、ステラは少しムッとする。

「……シンだって去年まで女の子だったのに」

「女の格好してただけで、女の子だったわけじゃない」

「私よりかわいかったのに」

「かわいいかどうかと性別は関係ない」

「かわいかったのは否定しないんだ……」

「客観的事実」

「うん……」

それはまったくもってそのとおりだ。

それなのにがっかりしている自分に気づいて、ステラは恥ずかしさで思わず目を伏せる。たぶん無意識のうちに、「ステラのほうがかわいいよ」のような甘い言葉を期待していたのだ。

「……ほんとは、ジュドじゃなくてシンのこと考えてたの」

勝手に期待した自分が悪いのだが、少し悔しくて、ステラはツンと顔をそらした。

「え」

「でもシンは女心がわかってないから、詳しいことは教えてあげない」

「ええ……」

眉を下げたシルバーの、あまりにもしょぼくれた声にステラは吹き出し、机の上に置かれた彼の手に軽く触れる。

「ちゃんと言ってなかったけど、あのとき私を助けに来てくれてありがとう。シンが来てくれて本当にうれしかったの」

「――うん」

「でね、私、シンのこと好きみたい」

「うん……え!?」

大きな瞳をまんまるにして見つめてくるシルバーに、ステラはニッと笑って立ち上がる。読んでいた――というよりも開いていただけの本を閉じて棚に戻し、いまだに呆然としているシルバーを振り返った。

「私、アグレルさんに用があるから行くね」

「あ、うん」

まるで逃げるようにパタパタと小走りで書庫から出ていくステラを、呆然としたまま見送ったシルバーは――たっぷり数秒固まったあと、真っ赤になった顔を両手で覆った。

好きと言ったときのステラは、まるで自分の好きな食べ物の話でもするかのような表情と口調だった。

（あれは、どういう意味で、どのレベルの「好き」なんだ……!?）

ステラの些細な逆恨みによる意趣返しは、シルバーの集中力をごっそりと奪ってしまい、その後の作業に多大なる量のミスを招いたのだった――。

＊＊＊

「アグレルさん、魔術教えてください」

「……嫌だ」

「なんで！」

ステラがやってきたのを見た瞬間に顔をしかめたアグレルは、ステラの「お願い」を、やはり顔をしかめたまま却下した。

ステラに話しかけられたくないのならば自分の部屋にいればいいのだが、どうも彼は談話スペースにある一人掛けのソファがいたく気に入ったらしく、ここのところ、だいたいそこでくつろいでいる。

最近よくアグレルにちょっかいを出しているシルバーに言わせると、「ツンツンしているくせに妙に素直なところが面白い」だそうだ。

「一歩間違ったら命に関わる」

「私の心配してくれてるんですね、アグレルさん優しい」

「黙れ。……虫かごの魔力はあくまでも精霊救済のために提供されたものだ。それを救済とは関係のない魔術に何度も使うと、精霊の不興《ふきょう》を買って魔力を提供してもらえなくなる」

「……ふむ？」

そう言われてみれば、精霊たちはあの魔力を、精霊を救うクリノクロアだから分けてくれているのだ。精霊たちからしたら、いわば今後の自分の暮らしのための積立金。それを別のことに使われてしまったら、それこそ今回の横領事件と同じことだ。

横領するような人間に、わざわざ大切な魔力を分け与えようとは思わないだろう。

「もしも精霊から魔力を提供してもらえなくなれば、能力が必要なときに魔力供給ができなくなる。一族の中には過去にそれで命を落とした人間もいる」

「ということは、治癒魔術はとても危険」

「そうだ」

「……アグレルさんは大丈夫？」

きっとそれもあったから、治癒魔術を使うとき、ステラに対して魔方陣に触るなと言ったのだろう。やはり優しいツンデレである。

だが、それでアグレルが精霊から魔力をもらえなくなっていたら一大事だ。

「問題ない。……精霊も感情を持っている。なにかを守るための魔術は目こぼししてもらえる可能性が高い。ただし、精霊と人間の思考は根本的に違うから、絶対とは言えないが」

「守るため……」

つまり自分から攻撃を仕掛けるわけではなく、危険回避や防御、それに治療のためならば多少融通がきくということなのだろう。

「わかりました。じゃあ教えてください」

「お前は人の話を聞いていないのか、理解するだけの知能を持っていないのか」

「心配しなくとも、そんなホイホイ使いはしません。いずれ必要になったときに指をくわえて見ていたくないんです。アグレルさんだって、それで覚えたんでしょう？」

だって優しいツンデレだから。

……という言葉は心の中に留める。

「……」

「もー。でも治癒魔術の魔方陣は完全に覚えてますし、呪文もなんとなく覚えてます。真似しようと思えばできるかも」

「やめろ、中途半端な知識で使うもんじゃない」

「だから教えてください」

ね、とステラが笑顔で首をかしげると、アグレルは世界が終わるかのような重苦しいため息をついた。そして、ぐったりと呻く。

「……教えるとしても、レビンを見つけてからだ」

「ああー、そうですね。魔力また貯めておかないといけないですもんね」

「そして、レビンが許可したら教えてやる」

「ええー……父さんの性格的に反対されそうな予感」

父はステラに対して、やや過保護気味だった。もし無事父と会うことができても、危険を伴う魔術など、全面否定される未来しか見えない。

「反対されたら諦めろ。むしろ、教えるなら私よりもレビンのほうが適任だ」

「……父さんが？」

「私はレビンの残した資料をもとに学んだ」

「……ってことは、父さんは魔術を使ってたんですか」

「簡単なものならたまにな」

記憶をたどっても、父が魔方陣を前に呪文を唱えていたという光景は思い当たらない。本当に、父はステラになにも教えてくれなかったのだ。

かすかにざわつく胸を押さえる。

「虫かごの魔力を何回も使うのは危険なんでしょ？」

「レビンはクリノクロアの人間のくせに精霊に好かれていたから、精霊の怒りを買うようなことはなかったようだ。やることも精霊術の真似事のような、氷を作ったりそよ風を起こしたりするような些細なことだったしな」

「え、好かれてた？」

「ああ。お前がたまに精霊術もどきを使えるのもその影響かもしれない。レビンの娘だから、精霊に守られているんだろう」

——れびんの姫

ユークレース本家のエレミアの部屋ではじめて能力を使ったとき、頭の中に響いたたくさんの精霊の声が急に耳の奥で蘇る。

たしかその前にも当主のノゼアンが、精霊たちがステラを『クリノクロアの姫』と呼んでいると言っていた。

（そういえば、父さんがよく私のことを『俺のお姫様』って呼んでた……）

不意に蘇ってきた幼い日の記憶に、ステラはギリィッと歯噛みをする。

「……どうした」

「ちょっと痛い記憶が……」

アグレルが不審げに聞いてくるが、ステラは顔を上げることができず、うつむいたまま両手で顔を覆った。

（恥ずかしい！　なんかすっかり精霊に浸透しちゃってるじゃん‼）

それこそシンシャのような美少女ならば姫と呼ばれても納得だが、ステラは平凡な村娘だ。分不相応な『姫』呼びなど、軽い拷問《ごうもん》である。

せめてもの救いは、精霊の声を聞くことができるのがユークレース当主くらい、というところだ。

「父さんめ……紐で縛り上げて羊に繋げて牧場に放牧してやる……」

「……なんかおかしなこと言ってないか？」

ブツブツつぶやかれたステラの言葉はよく聞き取れずとも、不穏な気配を感じたらしいアグレルが顔をひきつらせた。

「いえ、私の鍛え抜いたロープワークが役に立つときがきたかもしれないと思っただけですよ」

アグレルはニコッと笑ったステラから視線をそらし、そして突っ込むことを放棄したらしく、小さくうなずいた。

「そうか、……ほどほどにしておけよ」

「はい。ほどほどに縛ります」

「……」

第七章　そういう『好き』

これぞ姫、という少女がサニディンに帰還したのは、その翌日だった。

協会長の娘のイネス・ユークレースは、はちみつのような優しい色の柔らかな髪に、まるでレグランドの晴れ渡った海のような澄んだ青い瞳を持つ、とんでもない美少女だった。

「これは——駆け落ちしたなんて聞いたら倒れますね」

「……そうだな」

イネスをひと目見て絶句したステラは、なんとか言葉を絞り出す。同じように言葉を失っていたアグレルもうなずいた。

協会長夫妻に付き添われて精霊術士協会のホールにあらわれたイネスは、離れた場所から見ていても、思わず目が釘付けになるほどの美少女だった。

「皆さん、私の行動が原因でご迷惑をおかけして申し訳ありませんでした」

今回の騒動の原因は、協会の業務を掌握していた協会長夫妻の不在である。

イネスが駆け落ちしてしまい、そのショックで協会長夫妻が寝込んでしまった混乱の隙を突かれたのだ。

もとをたどれば人身売買を狙った犯罪組織の計画で、さらにたどればダイアス家や王家が糸を引いているわけだが、ご多分に漏れずその関係を裏付けるものは出てこなかったようだ。

まあそんなわけで、渦中の人であるイネス本人が、自らきちんと謝罪をしておきたいと言ったため、両親とともに協会員の前で頭を下げる運びとなったのだ。

「美少女な上にしっかりしてる……十二歳なのに」

妖精のような容姿と、皇女のような品のある仕草で丁寧に頭を下げたイネスは、顔を上げると、目尻に涙をたたえていた。

思わず守ってあげたくなるか弱げなその姿に、ステラも含め、ほとんどの人間がぽわ〜となってしまう。

誘拐目的で騙された、という詳しい事情を知らない人々ですら、きっとイネスにはなにかそうせざるをえないような事情があったのだろうと同情的な目を向けていた。

そんなホールの人々の腑《ふ》抜《ぬ》けた様子を見渡したシルバーは、呆れたような半眼をステラに向けた。

「落ち着いてステラ。しっかりしてる十二歳は駆け落ちなんてしない」

「……それは……たしかに。いやでも、みんなの前で謝罪するっていうのは偉いよね。美少女だし」

「……美少女なのは関係ある？　見た目がかわいいからってだいぶ判定甘くない？」

「あっ心配しなくても、シンだって負けないくらい美少女だったよ。系統が違うけど私はどっちも好き」

シンシャはクール系の美少女だったが、イネスはキュート系の美少女だ。系統の違いについて解説をしようとするステラを、シルバーは片手で制した。

「いや、そんな心配はまったくしてない。……っていうかステラって美少女好きなの？」

「え、うん。美少女に限らず、きれいな人はみんな好き」

即答したステラを見て、シルバーはなにかを悟ったような表情でうなずいた。

「……そういう『好き』ね」

「ん？　そういう？」

「いや、予想どおりだっただけ」

「……ふうん？」

短いため息とともに肩を落としたシルバーが少しだけムスッとした様子に見えて、ステラは首をかしげた。

＊＊＊

イネス・ユークレースは、迷惑をかけた分のせめてもの償《つぐな》いと、箱入り娘に社会を学ばせるという意味も含めて、精霊術士協会の手伝いをすることになった。

しかし、簡単な窓口案内や記入台の整頓などをしている彼女目当てに、逆に大した用もなくやってくる人が多くなってしまい、受付ではそれらの人々を捌《さば》くのに苦労しているらしい。

一方、彼女を連れ去った張本人である青年は犯罪組織から足を洗い、精霊術士協会に所属して、雑用係として真面目に働き始めた。

名はクリード、そして名字を持たない彼は今まで恵まれた環境にいなかったため、自分の才能を知らなかった。――しかし、協会で働き始めてから実は精霊術士としての素養を持っていたことが明らかになり、今後は術士としての教育を受ける予定になっている。

ユークレースの血を引くイネスが選んでしまった以上、彼女よりも十歳以上年上で元犯罪組織の男、という父親的にはだいぶ許しがたい相手でも邪険に扱えず、協会長は複雑な心境でクリードを見守っているらしい。

「うちの子たちの選んだ相手が、犯罪組織のメンバーじゃなくてよかった！」

やっと不正と事故の後始末から開放されたリヒターは、テーブルに突っ伏してそんなことを言って笑った。

「犯罪組織のリーダーみたいなやつがよく言うな」

すかさずアグレルが返した言葉に、脇で聞いていたステラは思わずうなずきそうになる。

正義と悪、どちらかと問われればリヒターは悪寄りだ。

「今ステラもうなずきかけただろう。ひどいなあ」

「やだなリヒターさんってば、被害妄想ですか？」

「まあ、そういうことにしておこうか。——ところで、ステラはこのあとジュドルくんに挨拶しに行くの？」

「できればそうしたいです。また会う機会があるかどうかも怪しいし」

リヒターの仕事が一段落ついたため、ついに明日アントレルに向けて出発することになった。

一段落ついたとは言うものの、今回の件により各所で逮捕者が出たほか、多数の関係者の降格処分などにより極度の人手不足に陥っているサニディンの内情は、実はまだ大混乱している最中だ。

しかし、リヒターいわく「この先は町の内部で解決していくべき問題」であるため、手を引くのだそうだ。

リヒターは町の自治権を尊重するとかなんとかと言っていたが、シルバーによれば、あまりの人手不足で「このままここにいると戦力としてアテにされて、深みにはまるから逃げる」ということらしい。

そんなわけでステラは、サニディンから逃げ出す前に、ジュドルに挨拶をしておきたいのだ。

「たぶんしばらくはそれほど危険はないと思うけど、気をつけてね。再三言うけど一人にならないように」

「それは身に染みて理解してます……シン一緒に行ってくれる？」

「え？　ごめん、なに」

疲れが溜まっているのかどことなく上の空だったシルバーに声をかけると、やはり聞いていなかったらしく、驚いた顔で聞き返されてしまった。

「町を出る前にジュドに挨拶しに行きたかったんだけど……疲れてるなら無理しなくて大丈夫」

「いや、平気。行くよ」

「……うん」

うなずきながら、ステラはシルバーの表情を観察する。

ここ数日、シルバーはぼんやりとしていることが多い。リヒターにいろいろな仕事を振られていたせいで疲れているのかと最初は思ったのだが、どうやらそういうわけではないらしい。

（原因は、やっぱりあれかなあ……）

ちょっとした悪ふざけという感覚で、憎まれ口を叩くシルバーを少し驚かせてやりたいと、ステラが口にした言葉。

シンのことが好きみたい。

冗談めかして言ったが、本心であることを悟られてしまったかもしれない。そして——あれからなんとなく、本当に微妙に……シルバーはステラに対してよそよそしい気がするのだ。

……やはり彼は本当に、はじめてできた親しい友人との距離感がバグっているだけだったのかもしれない。

それなのに、いきなり好きとか言われてしまい——「え、そんなつもりじゃなかったのに」と、困った顔をするシルバーが容易に想像できてしまって、ステラは顔をしかめる。

（……冗談でも、あんなこと言わなければよかった……）

「ステラ？　どうかした？」

あまりにリアルな想像をしてしまって急に渋い表情になったステラの顔を、シルバーが心配そうにのぞき込んでくる。

「なんでもない。よし、じゃあ行こうか！」

想像上の失恋で落ち込んでいる——などと言えるわけもない。

ステラは何事もなかったような笑顔で応じた。

「え、うん……」

そのステラの感情の切り替えについてこられなかったらしいシルバーは、少し引いたような顔でうなずいた。

＊＊＊

「——で、アグレルくんはお家に連絡とったんだよね？」

ステラたちが部屋から出ていったあと、笑顔を浮かべて尋ねてきたリヒターに、アグレルは顔をしかめて小さく舌打ちをした。

アグレルは定期的にクリノクロアの当主に報告を入れている。それはもともと、ユークレース側も承知のことである。

しかしアグレルは船での事件のあと、定期報告とは別に連絡を取っていた。

表立って行動していたわけではないのに、アグレルの動きはリヒターに筒抜けになっていたらしい。

「クリノクロアに対して、王宮からなにか打診はあったのかな？」

返事をしなかったというのに、リヒターは構わず話を進める。

アグレルはため息をついて口を開いた。

「……今のところはまだない」

「ふむ。ってことはステラのことはまだ漏れてないのかな。……クリノクロアのお姫様ってなったら王家のどの勢力でも欲しいだろうから、きっとバレたらすぐ動くだろうし」

「耳役の報告では、現状で王宮周辺に動きはないらしい」


――今この国は、後継者争いの真っ只中だ。

現国王の長男と、故・王弟の一人息子――この二人を旗頭《はたがしら》として様々な人々が水面下での争いを繰り広げている。

その争いの中で特に重視されているのが、古くから続く家門、つまり『旧家』の動きだ。

国王側が、名実ともにもっとも有力とされるユークレースをなんとか後ろ盾として取り込もうと手を尽くしていることは、有名な話だった。

そんな国王が昔から狙っているのが、自身の長男とユークレースの――それもできるだけ家門の中枢に近い血筋の――娘との婚姻である。

そこでもっとも有力な王子妃候補と目されていたのが、リヒターの娘であるシンシャ・ユークレースだった。

シンシャが消えた今、国王が次に狙うのはユークレースの他の娘だ。

――だが、そんなタイミングでクリノクロアの娘があらわれてしまった。

男系の一族で年頃の娘がいないと思われていた家門に、実は存在していた当主の孫娘。しかも、ユークレースの天敵とも言われるクリノクロア。

ユークレースを制する力を持つクリノクロアの娘を妻として取り込めれば、国王側はもちろん、王弟側でさえも玉座に近づくことができるのだから、どちらも先を争って彼女を手に入れようとするだろう。

――本当にクリノクロアが、ユークレースにとっての天敵となりうるのか。

実際のところそこはかなり怪しいのだが、事実がどうであれ、問題はそう考える者が多いということである。

「まったく迷惑だ。……人の家を権力者の争いに巻き込まないでほしい」

「うんうん。それに関しては賛同するしかないね。……唯一の救いは、僕のかわいい娘と違って、ステラはどちらの勢力にも価値があるから、命までは狙われにくいってことだな」

「お前の娘は今回殺されかけたからな」

「そうなんだよ、腹立たしい。まあうちの子たちは戦闘訓練させて備えてるけどね」

幸運なことにアグレルはシルバーが戦うところをまだ見ていないが、船の見張りの意識をそらし、やすやすと船内に忍び込んでいった手際のよさを考えると――どうせろくでもない訓練をさせているのだろうという察しはつく。

「あの息子はそうそう殺されないだろうな。……お偉方の家にねじ切れた船の扉の破片を送りつけて、『手を出したら次はお前がこうなる』と脅してやればいいんだ」

「船の扉かあ。……シンがムスッとしながら『消えろって言ったら消えた』っていうからどういう状態かと思ったら、切り取ったみたいに消失してるんだから、さすがに頭を抱えたよ」

頭を抱えたなどと言いながらケラケラ笑うリヒターに、アグレルは顔をしかめる。

「ユークレースは危険生物を自由にさせすぎだ。私がいなければ町中で精霊術が暴発していたぞ」

「シンは本当に、ステラさえ絡まなければ冷静なんだけどねー」

「……そのステラ・リンドグレンを王家に取られたら、王宮に乗り込んで城を破壊し尽くすんじゃないか？」

「うーん……困ったことに簡単に想像できるな。止めるのは難しいだろうなあ」

「そこは止めろ。まがりなりにも親だろう」

眉を吊り上げるアグレルに、リヒターは「ムリムリ」と笑った。

「いやほら、僕だってセレンが連れ去られたら王族を根絶やしにするし」

（するし、じゃねえよ‼）

思わず勢いで突っ込みそうになりながらもなんとか耐えたアグレルは、早くレビンを見つけて帰りたい……と心の中で天を仰いだ。

第八章　それがお前だった

ジュドルが働くコールス硝子工房の店内には、今日も他の店より少し上品な客の姿が多かった。

相変わらずのアウェイ感に、ステラは無意識にシルバーの服の袖をつかみ、明らかに値の張るきらびやかな細工の並んだ棚に腕や足をぶつけないよう緊張しながら店の中に足を踏み入れた。

「あら、いらっしゃいませ。ジュドルに会いに来たの？」

店員の姿を探して店内を見回すと、すぐにステラたちに気づいたアデルが近づいてきて、声をかけてくれる。

「はい、少しでいいんですが、ジュドと話をすることはできますか？」

「ええ、タイミングによってはしばらく待ってもらうかもしれないけど、とりあえず声をかけてくるわね」

「ありがとうございます。外に出たベンチのところで待ってます」

事前に約束していたわけではないため、今は作業中かもしれない。それならばすぐに手を離せないだろう。

お店の中で待てばいいのに、と微笑むアデルにふるふると首を振って外に出たステラは、事前に見つけておいた木陰のベンチへ駆け寄って腰を下ろした。

「だんだん暑くなってきたね。私、日向《ひなた》はもう無理」

手のひらで扇いで顔に風を送りながらステラが嘆くと、シルバーはベンチには腰を下ろさず、横に立ったまま少し笑った。

「ステラは真夏のレグランドは知らないんだっけ」

「うん。初夏から春まで時間をワープしちゃったからね。真夏はこんなもんじゃないんでしょ？」

「こんなもんじゃないね」

「たぶん、私溶けて死んじゃうよ」

げんなりとしながら言ったステラの言葉にシルバーは答えず、視線をコールス硝子工房脇の路地のほうへと向けた。

「ジュドルが来た」

「あ、ホントだ。早かったね」

ステラが座ったまま片手を大きく上げて振ると、それに気づいたジュドルが駆け足でやってきた。

「急に呼んでごめんね」

「別に。……そんでやっぱりお前も一緒か」

少し息を弾ませたジュドルの視線を受けたシルバーは、少しだけ肩をすくめる。

「護衛を兼ねてる。邪魔なら少し離れるけど」

「いや、わざわざ離れなくてもいいけどさ」

ジュドルは首を振って苦笑したが、それでもシルバーはギリギリ声が届かない程度まで離れて、木の幹に寄りかかった。

「離れなくていいっつったのに……やっぱりイマイチ、なに考えてるかわからんやつだな」

「私が頼んでついてきてもらったの。……頼まれて迷惑だったのかも」

縮こまるように小さく座ってしゅんとうなだれるステラを、ジュドルは呆れ顔で見下ろした。

「は？ それはないだろ」

「シンはきっと迷惑してても言わないもん」

「はあ？……なんだよ喧嘩でもしたのか」

「別にしてないけど……それよりも！　私はジュドに会いに来たんだよ」

軽くのぞき込むように見下ろしていたジュドルは、ガバッと顔を上げたステラの勢いと顔の近さに押されてのけぞる。

「お、おう……そろそろ出発か？」

「うん。明日サニディンを出てアントレルに向かうの。ジュドのおうちに、なにか伝言とか届けたいものとかあったら、引き受けようと思って」

のけぞったジュドルの頬が少しだけ赤くなっているのに気づくことなく、ステラは彼の服の袖をつかんでブンブンと振った。

そんなステラの手をペチンと叩き落とし、ジュドルは頭をかきながら口を開く。

「……いや、別に家にはなにもねえよ」

「そう？　ジュドって里帰りどころか手紙すら送ってなさそうだから、きっと一言二言でもおばさんたち喜ぶよ？」

「別にあんなババア喜ばせたところで……」

「ああ？」

眉をつり上げたステラににらまれ、ジュドルは言葉を止めて目を泳がせた。

「……いや、まあ、それはそのうち手紙でも送る……たぶん」

「もー。照れくさいからって先延ばしにして。親孝行したいときに親がいるとは限らないんだからね！」

「お前に言われると反論のしようがないな。……とにかく、自分でちゃんと連絡するから、お前は気にしなくていい」

「絶対だからね？」

「ああ。わかってるって。……えーと、それでさ、俺もお前に用があったんだよ」

「うん？」

首をかしげたステラの目の前に、ジュドルが拳を突き出してきた。そして、なにかを握っていた手のひらを開く。――ステラはとっさに両手を出して、落ちてきた『なにか』を受け取った。

「やる」

「へ？……イヤリング？」

手の上にころりと載せられたのは、どう見ても四季シリーズ『春』の特徴である桃色と白い蝶があしらわれた、一揃いのイヤリングだった。

だが、これは店頭に並べてあった手頃な値段のものとは違い、少し濃い桃色の花も、白い蝶も、かなり丁寧に作り込まれている。

知識のないステラでも、これが格の違う作品だということはわかってしまう。

「どう見ても高級品なんですけど！　もらえないよ！　私すぐ落とすし！」

「いいから。いや落とすのはよくないけど……『春』はお前のイメージで作ったんだよ。だからモデル料みたいなもんだと思ってくれ」

「モデルって……故郷の花って言ってたじゃん」

「だから……俺にとってはそれがお前だったんだよ」

「花……？」

「いい加減鈍いなお前！」

「い、意味はわかってる……と思う……。けど……」

ステラはそういう方面に勘の働く人間ではないが、それでも工房の人々の今までの反応や、ジュドルの態度を見れば、それがどういう意味を持つのかくらいはわかる。

――これはステラを想って作られたものだ。

それに、ジュドルが工房で自分の実力を認められ、製品を任されるという重大な場面でモチーフとして選んだのが、ステラの色とイメージだったということも――。

「俺はたぶんもうアントレルに戻らない。お前がこの先どうするかはわかんねえけど、この先生きてても、また会うかどうかも怪しい。だから一応、言うだけ言っとくわ」

真剣な目でまっすぐ見つめられ、息が詰まる。

この先を聞いてはいけない気がする――。

「俺はお前が好きだ。ずっと昔から」

「……えっと……あの」

頬に血が上って、頭が少しくらくらしてくる。なんと答えたらいいのか。

ステラにとってジュドルは、今も昔も完全なるお兄ちゃんだった。

今から兄ではなく恋愛の相手として見る努力を……――努力して、見ようとしても、ステラの心の中にはもう別の人がいる。

（どう、答えたら……）

そんな風にあわあわと慌てているステラを見て、ジュドルが苦笑した。

「わかってるよ。お前が俺をそういうふうに見てないことは。……昔からさ」

「――っご」

「いや、謝られるとみじめだから。まああれだ、俺の中でのけじめだし、気にすんな……って言っても無理か」

「む……無理……」

謝ることも拒絶されてしまい、いたたまれなさにじわりと涙まで浮かんでくる。そんなステラを見つめていたジュドルは、思わずと言った様子で吹き出して、笑いながらステラの頭に手を置いた。

「ははは……そりゃそうだよな。悪いな。……ところでさっきから射殺《いころ》さんばかりの目でにらまれてるから、できれば泣かないでくれ」

「……へ？　にらまれてる？」

ステラはパチパチとまばたきをしてあたりを見回すが、こちらをにらんでいる人物などいなかった。少し離れた場所にいるシルバーも別の方向を向いている。

「……あいつ、ステラが顔上げた瞬間にそっぽ向きやがった……この状況でにらむのなんかシルバーしかいねえだろ。……俺が気に入らないくせに話すチャンスはくれるんだから、心が広いのか狭いのか」

「シンは人見知りだから」

「……いや、人見知りがどう作用したらああなるんだよ」

「ほら、友達が別の友達と仲良くしてると取られたみたいで面白くない的な。シンってば私の他に友達いないからさ」

「お前……自分の好きな相手に対してひどいな」

呆れ果てた声でそう言われて、ステラは一瞬動きを止めた。

「な！　好……！」

「バレバレだろ……。それに残念ながら、俺はお前をよく見てるし知ってるからな」

「……！」

なんということだろう。ステラ自身でさえ最近やっと自覚して、一晩のたうち回った結果、なるべく表面に出さないという消極的な方針で行くことにしたというのに。

しかし、バレバレとは、いつからどのくらいバレていたのだろう。少なくともシルバーにはバレていなかったと思うのだが。

（だけど……自分でカミングアウトした挙げ句に迷惑そうにされてるし……）

それを思い出したステラは、再びしょぼんと縮こまる。

「……でもシンは、私のこと友達だと思ってるもん」

「……あんだけべたべたくっついておいてそれはない」

「友達いないせいで、適切な距離感がバグってるんだと思う」

「……お前、実はあいつのことバカにしてる？」

「してないよ！」

「じゃあなんでそんなに友達にこだわるんだよ。どう考えても友達の態度じゃねえよあれは」

「だ……だって、レグランドで私がアントレルに戻るって言ったとき、他の人は引き止めてくれたり寂しいって言ってくれたりしたけど、シンはなにも言わなかったし、……好きとかそういうことも言われたことないし、正直なに考えてるかわかんないし……」

不安に思っていたことを列挙していくうちに、自分でも違和感を抱き始める。

（あれ、これってつまり……）

「なに考えてるのかわからんのは同意するが……お前が言ってるのはつまり、自分の言ってほしいことを相手が言ってくれなかったってことじゃねえの？」

ジュドルに冷静に指摘されて、ステラはピタリと固まる。

「……たしかに……そうだね。……うわ、私すごい恥ずかしい……」

ジュドルの言うとおり、ステラは自分がシルバーに好かれる理由がわからなくて、だからはっきりとした言葉が欲しかったのだ。

ジュドルは大きくため息をついて、「なんで俺、フラレたのにこんな相談に乗ってるんだろうな……」と嘆きながらステラの頭をポンポンと叩いた。

「引き止めるようなことを言わないのは、あいつなりの言わない理由があんだろ。勝手に思い込まないでちゃんと話をしろ」

「言わない理由……」

シルバーはその生い立ちのせいで、言葉を口にすることに対して慎重な人間だ。他の人が気安く口にするような内容でも、彼にとっては大きな意味を持ってしまうのだろう。——誰かになにかを望む言葉などは、特に。

「……うん……やっぱり、ジュドって安定のお兄ちゃん……」

「うるせ」

ポンポン叩いていた手のひらを最後に握りこぶしにしてゴツンと落とし、ジュドルは手を引く。

「痛い」

「ごちゃごちゃ悩むくらいなら本人に聞けよ。お前そういうタイプだろ」

「うん、そうだった……ありがと」

ステラがヘラッと笑ってみせると、ジュドルは「あー、もう」と頭をかいた。その首筋が少し赤くなっていた。

それを見て、キュッと胸が苦しくなる。

「えーと、あ、そうだ。私がアントレルに戻ったら、ジュドのお母さんに、『ジュドがこういうの作ってるんだよ』ってこのイヤリング見せたら、ちゃんとやってるんだって安心してくれる……」

「ちょ、お前、なんだその嫌がらせは！　マジでやめろ‼」

「……ですね」

これを見れば、ひと目でジュドルの実力も、サニディンで認められていることもわかるだろう。

しかし同時に、明らかにステラをイメージして作られたアクセサリー……を、ステラが、ジュドルからもらったと無邪気にジュドルの母に見せたりすれば、きっと、彼女はいろいろ察してしまうだろう。

どうやらまだ、ステラの頭の中はパニック状態らしい。

「えーと、ごめん……」

「ああもう……まあ、こっちも急に悪かったな。――シルバー、話は終わったからさっさと戻ってこい」

命令口調で言われたのが気に触ったのか、シルバーはムスッとした表情で戻ってきた。しかし、別に怒っているわけではないらしく、やや気遣わしげな目をジュドルに向けた。

「……話はもういいの？」

その態度と気遣いのギャップが面白かったようで、ジュドルは小さく吹き出した。

「いいよ。もともと偶然会っただけだしな。それに、抜けてきたからそろそろ戻らないと」

「そっか、時間とってくれてありがとう」

「こっちこそ。じゃあまあ、気をつけて」

「うん、ジュド……またね」

もう会うことはないかもしれない。それならせめて笑顔で別れたい。そんな思いで笑ったステラの考えがわかったのか、ジュドルもニッと笑った。

「ああ。元気でな」

手を振って工房へ戻っていくその背中を、ステラは見送らずに、くるりと踵《きびす》を返した。

「……じゃあ、戻ろっか」

閑話　あの風景の中にいつも

きっかけは、小さな硝子細工の置物だった。

少し濁りと気泡の入った硝子の小鳥の置物は、今思えばそれほど質のよくないものだった。

だが、その今まで見たことのない透き通った繊細な小鳥の姿に、小さかった頃のジュドルはひと目で心を奪われてしまった。

そして、これが職人の手で生み出されたものだと聞いて、衝撃を受けた。

アントレルでは男は大人になったら猟師か木こりになるのが当然で、気は進まないがジュドルもそうなるものなのだと思っていた。しかしそこに突然、『硝子細工職人』という道があることを知ってしまったのだ。

問題は、どうしたらその道に進めるのか、ということだ。

まず両親に聞いた。だが、両親は「バカなことを言うな」と怒り出した。あのときはなぜ怒られたのか理解できなかったが、それはきっと、息子の身を案じてのことだったのだろう。

次に、村の他の大人たちに聞いてみた。彼らは苦笑して、両親と同じように「バカなことを言ったらいけない」と諌《いさ》めてきたり、それか「村の外がどんなに大変なのかお前は知らないだろう」と訳知り顔で説いてきたりした。

どうやら硝子細工職人というものは、アントレルに生まれたジュドルには就けない職業らしい。

村の人々の話を総合すると、職人のように技術が必要な仕事に就くには、少なくとも村から出て、技術を教えてくれる場所に行かなければならないのだ。それも、山の麓の、ジュドルが知る限りで一番大きな町であるアイドクレースよりももっと遠くて大きな町へ。

そんなところへ、どうやって行くのか。

そして、教えてくれる人をどうやって見つけるのか。

なによりも、両親の反対を振り切って村を出て、自分一人の力で生きていく、その覚悟が自分にあるのか――それが自分にもわからなかった。


一度抱いた夢を諦めきれず、だからといって村を飛び出す覚悟も手段もなく――ただただ日々をさくさしながら過ごしていたジュドルのもとに、ある日ステラがやってきた。


「ねえジュド、たまに来るキャラバンの人たちがいるでしょ？」

「あ？　ああ、あの酒飲んで騒いでるやつらだろ」

「そう。あの人たちがね、親の許可があるならジュドをサニディンまで連れてってくれるって」

サニディンとは有名な硝子細工の町だ。

ずっと行きたいと焦がれていた町へ、連れていってくれる？

一瞬ステラの言っている言葉の意味がわからなくて、ジュドルはぱちくりとまばたきをした。

「……え？」

「うーんと、ウネウネの黒髪のおじさんがね、サニディンに顔がきく商人さんが知り合いにいるから、本気でやりたいなら工房に紹介するくらいはできるよって」

「ウネウネの黒髪のおじさん……」

手をうねうねさせながらステラが言っているのは、数ヶ月に一度村にやってきて商売をする、キャラバンの男たちのことだ。

彼らはアントレルに来ると、昼に外から持ち込んだものと村の生産物の売り買いをして、そして夜は食堂で酒盛りをするのがお決まりだった。

酒盛りをしている彼らの荒っぽい雰囲気を怖がって他の子どもたちは近づかないのだが、ステラは毎度その酒盛りの席に潜り込んでは外の話を聞いている——というのはジュドルも知っていた。人懐こく好奇心旺盛なステラは、彼らからとてもかわいがられているらしい。

そのウネウネの黒髪の……というのがどの男のことを指しているのかジュドルにはわからないが、ステラをかわいがっている男たちの一人だろう。

「おじさんたちに聞いてみたの。硝子細工を作る職人になるにはどうしたらいいのって」

その言葉を聞いて、ジュドルは目からウロコが落ちたような気持ちになった。

たしかに、国中を移動しているキャラバンの人間ならば、職人とも付き合いがあるだろうし、職人になる正確な方法も知っている可能性が高い。

外のことを知りたいのならば、村の中の大人ではなく、外から来た人間に聞くべきだったのだ。当然のことだが、ジュドルにはまったく思いつかなかった手段だった。

「えっとね、普通、職人になるなら工房に弟子入りして修行するんだって。弟子入りするには直接行ってお願いするか、紹介が必要らしいの」

そこまではジュドルもなんとなく知っていた。だが、ステラはもう少し詳しい話を聞いてきたらしく、続けた。

「直接行く場合は自分の作品を持っていって見てもらうのが早いらしいんだけど、そうじゃない場合は何回もお願いしないといけなかったり、門前払いされたりするみたい。ジュドの場合は作品を作る場所がなくって用意できないから、紹介があったほうがいいでしょ?」

「そりゃそうだけど……」

いきなりあらわれた子どもを弟子にしてくれるところなどそうそうないだろう、ということはジュドルにもわかる。紹介をしてもらえるのならばそれにこしたことはない。

——問題は、なぜジュドルと付き合いのないキャラバンの人間がそんな口利きをしてくれるのだろうか、ということだ。

「俺、そのウネウネのおっさん知らないんだけど、なんでそんな人が俺をわざわざ遠くの町まで連れていって口利きまでしてくれるんだよ」

眉をひそめたジュドルに、ステラはなんでもないことのように軽くうなずいた。

「ああそれね。もともとサニディンって、そういうふうにあちこちの村や町から人が集まって大きくなった町なんだって」

「?……そういうふうって?」

「えーと、ジュドみたいに、自分で硝子細工を作りたいとか、それを売るお店で働きたいとかいう人たちが集まってるの。家族に反対されて家出したり、遠くから来たりして住むところがないから、工房住み込みで働いてるっていう人も多いんだって」

家を飛び出して職人を目指すなど、アントレルの中では信じられない話だが、外の世界では『よくある』ことらしい。

ステラはこともなげに話すが、ジュドルはカルチャーショックで開いた口がふさがらなくなってしまった。

「でね、ウネウネのおじさんも、旅しながら商売するのに憧れて、親の反対を押し切ってキャラバンに入ったんだって。だから、ジュドに本当にやる気があるなら応援したいってさ」

ジュドルのことを知っている大人たちはこぞって反対したというのに、ジュドルのことをちっとも知らないはずの大人が応援してくれるという。

じわりと胸の底が熱くなる。うれしいけれど、喜んではいけないような、複雑な気持ちで歯を食いしばった。

「……やる気だけあったって、才能がなきゃどうにもならないだろ」

戸惑いの末に口から出てきたのは、そんな言葉だった。

それを聞いたステラの頬がみるみるうちに膨らんだ。

「才能があっても、やる気がなきゃどうにもならないでしょ」

「そういうのは屁理屈って言うんだよ」

ジュドルが両手でステラの頬を挟むと、ぶうというマヌケな音とともに空気が抜けた。ステラは頬を挟まれたまま、ふと真剣な目をしてジュドルを見つめた。

「私はジュドが物を作るのが好きなことも、意外と器用なことも知ってる。それに、本当に硝子細工が好きなことも。……別に無理に行けとは言わないよ。ジュドが村からいなくなったら寂しいし。だけど本当にやりたいなら、その道に進む方法もあるんだよって知っておいてほしくって」

その真剣な目と、急に目の前に拓かれた道と——。

あのときドキンと脈打った鼓動は、一体、どれに対するものだったのか。

「……本当に……」

(職人の道に、進む方法がある……？)

無理だと思ったから、自分が諦めるための理由をたくさん並べていたのに。

かすれた声で呆然とつぶやいたジュドルに、ステラが慌てて付け足す。

「あっ、でも、黙って連れていくと今後アントレルで仕事できなくなるから、ちゃんと親の了解は取ってくれっておじさんが言ってたよ」

キャラバンは信用商売であるため、村の子どもを勝手に連れ出すようないい加減なことはできない。逆に言えば、了解さえ取れればきちんと約束を守ってくれるということでもある。

しかし、「バカなことを言うな」と怒った父と、困ったような顔をした母を思い出して、苦い気持ちになる。

「親の了解……か。それは無理そうだな……」

「んー、キャラバンが次来るまでにはまだ時間があるから、おじさんたちとちゃんと話をしてみなよ。もしも次に間に合わなくても、その次のチャンスだってあるだろうし」

ね、と小さく首をかしげてステラがニヘッと笑う。

その顔を見て、肩の力が抜ける。

道はある。彼女が用意してくれた。――だから、あとは自分の覚悟だけ。

「……わかった。話してみる」

＊＊＊

両親と何度も衝突して、なんとか納得してもらって村を出たのは、結局それから一年経ったあとで、ジュドルが十四歳のときだった。

それから約五年。その間一度も、両親にもステラにも会っていなかった。

「ステラちゃん、今朝出発したんだって？」

「ああ、今日出るって言ってましたね」

作業の合間に暑い工房から出て日陰で涼んでいるところに、兄弟子がやってきて隣に座った。

ゆるく吹いていた風が遮られてしまい、代わりに、離れているというのに相手の体温が熱気という形で伝わってくる。

ステラほどではないとはいえ、ジュドルも暑いのは苦手だ。思わず顔が歪む。

「そんな露骨に嫌そうな顔するなよ〜。さてさて、ジュドル先生は幼なじみちゃんに告白したのかな？」

ニコッと笑う男に、ジュドルは盛大に顔をしかめた。

ジュドルはステラへの気持ちをまったく隠せていなかったし、一方のステラの気持ちがジュドルに向いていないことは誰が見ても明らかだった。どうせ結果などわかっているというのに。

「……なんすか、わかってて傷をえぐりに来たんすか」

「かわいい後輩に、僕がそんな意地悪をすると思っているのか？」

「思ってるから言ってるんですよ」

「かわいい後輩をからかいついでに慰めようと思ってるだけさ」

「からかいメインじゃん」

ジュドルが呆れ顔になると、兄弟子は笑いだした。

「ははは、それにエリンが心配しててさ。あいつ、まだお前に話しかけにくいっぽくって」

「……別に気にしなくていいんすけどね」

「どっちの気持ちもわかるからなんとも言えないな。とにかく、俺はすべての間を取ってお前をからかいに来たんだよ」

「結局からかいなのかよ……」

「まあ俺も心配してんだよ。言わせんなよ恥ずかしい」

「はあ」

「で、そんなに落ち込んでるなんて、どんなふうにこっぴどく振られたんだ？　『兄としか思えない』とか？」

「……お見通しじゃん」

　実際ははっきり言われていないが、結局のところそのとおりだ。

　アントレルは子どもの人数が少ないためみんな兄弟のように育ったし、無理もない。だが、ジュドルが凹んでいる理由はそこではなかった。

「っていうより……全然目がないっていうのわかってたのに、意外と自分が落ち込んでるっていう事実に落ち込んでるっていうか……」

「そりゃフラレたら落ち込むだろ、普通」

「いや、俺は硝子細工のほうが大事で村から飛び出したのに……なのにたまたま会って、ついでみたいに一方的に告ったわけだし、凹《へこ》む資格もないっていうか……」

　ぼそぼそと告げたジュドルの言葉を聞いた兄弟子は、憐れむような目をしてジュドルの肩を叩いた。

「あー、マジで好きだったのにちゃんと気づいてなかったんだな、お前」

「……」

「あのさ、大事なことが他にあってなにが悪いんだよ。片方を優先したからって、もう片方が大事じゃないわけじゃないだろ。凹む資格がないなんて誰が決めたんだよ」

　それは——ジュドル自身だ。

彼女の気持ちが自分に向くことがないと知っていたから、そこまで大切な存在ではないと言い訳して自分を納得させたのだ。だから、傷つくことなどないのだと――。

「第一お前、『春』を作った時点で未練タラタラだろうが。誰がどう見ても特別な意味があるってわかるぜ？」

「……別に意識したわけじゃなく、自然と頭に浮かんだから」

「どうでもいい相手のことは自然と浮かんだりしない」

「……っすね」

ジュドルは、自分の生まれたアントレルがあまり好きではない。

豊かとは言えず、娯楽なんてなくて、閉鎖的で。

それでも『嫌い』ではないのは、あの風景の中にいつも彼女がいたからだ。

あの日、キャラバンの男たちから約束を取り付け、桃色の髪を揺らして自分のもとへと駆けてきた彼女の姿を、自分は一生忘れないだろう。

大事だった。大切だった。他の誰よりも。

――愛していた。

「はー……フラれて可哀想な後輩になんか飯おごってください」

「ああ!?……まあ仕方ねえなあ。いいよ」

「やった、じゃあ新しくできた向かいのレストランで」

「高級店じゃねえか！」

すかさず突っ込んだ兄弟子の声を聞きつけて、他の連中がわらわらと寄ってくる。

「おっ、なになに飯おごってくれんの？　俺も行くー」

「来てもいいけどお前は自分で払え‼　それと店は別のところだ！」

「ケチくせえなー」「うるせえ」と笑いながら小突き合うこの騒がしさが、ジュドルは割と好きだった。

今、自分がこの場所にいられる幸福を、与えてくれたのは彼女だ。

それだけで十分――とは、まだ思えないが。

「じゃあ、めちゃくちゃ大量に食うために仕事頑張るかな」

伸びをしてニッと笑ったジュドルを見て、小突き合っていた男たちが少しホッとしたように笑った。

まったく、おせっかいなやつらばかりだな……と、ジュドルは思わず笑いだした。

書籍版特典ＳＳ

その逃避の一部始終／一部始終の、その続き

その逃避の一部始終

見渡す限り海と空が続いていた景色の中に、うっすらと灯台の光が見えた。

朝靄《あさもや》で幻想的に煙《けむ》る海原の中で、その光は強い意思を持つかのように、己の存在を主張している。

「次は、あの灯台のある場所に寄るの？」

「そうだよ。……あの町から発ったあと、もう一回別の船に乗って、それでついに別の国に入るんだ。この国を出る前に、おいしいものをたくさん食べておこう」

「……もう、帰るのは難しそうだね」

「はは、大丈夫だよ。今すぐには難しいけど、向こうで落ち着いたら、ちゃんとご両親に会いに行こう」

そう言われて、少女は瞳を伏せる。


両親にはなにも言わずに出てきた。

反対されるのはわかりきっていたから。

きっと今、少女の両親は大騒ぎしていることだろう。

少女は、船に揺られる己の身のように不安定な自分の立場に、不安の滲むため息をついた。

大切に育てられた彼女の指先はあかぎれ一つなく滑らかで、靄を含む潮風にさらされた頬は薔薇色に染まっている。長い髪は潮風で乱れてしまっているが、それでも丁寧に紡がれた絹糸のように艶《つや》めいている。

――このすべては、両親から与えられたもの。でも、今ここにいるのは間違いなく少女自身の選び取った道だ。

少女は頭を振った。ため息をつく権利など、自分にはないのだから。

「――俺の知り合いはみんな気のいいやつらだから、君のことを歓迎してくれるし、色々助けてくれるさ」

少女を元気づけようと話し続ける男の顔が、その声の明るさとは裏腹に沈んでいるように見えたのは、この朝靄のせいだろうか。

それとも、少女が暗くたゆたう海の色を見つめすぎたせいだろうか。

(そうならいいのに)

――少女は知っている。

この男が、秘密を抱えていることを。

この船の行く先が、明るい未来などではないことを。

彼の言う、『気のいいやつら』の一角であるこの船の船員たちが皆、少女を「人形のように美しい」と褒めそやしながら、その裏では「苦労一つしたことのない世間知らずのかわいいお人形だ」とあざ笑っていることを。

(それでも、クリードを選んだのは私)

少女の名はイネス・ユークレース。

ユークレースの名を持つ彼女に、この身を灼《や》くような強い衝動は二度と訪れない。

だから――。

「……すべての精霊たち、お願い」

鈴のような澄んだ囁き声が、少女の唇からこぼれて靄の中に溶ける。

「せめて、彼には祝福を」

＊＊＊

船のタラップを渡り、波止場に降りたイネスは振り返って、乗ってきた船を見上げた。

船を下りるのはこれで三度目。

一度目はサニディンから国外へ向かう大きな船だった。

イネスはてっきりその船でそのまま目的地まで行くのだと思っていたのだが、そうではなかった。

一度目の下船の前にクリードから「それだとすぐに居所がばれてしまうから、何度か船を変えるよ」と言われ、イネスはなるほどとうなずいた。

やはり自分は世間知らずだな、と少し落ち込んだのが記憶に新しい。

イネスたちは俗に言うところの『駆け落ち』をしてサニディンから逃げてきたので、両親に居所《いどころ》がばれてしまえば連れ戻されてしまう。

だから船を降り、陸路の移動を挟んで、少し離れた港で別の船に乗るのだ。

最終的な目的地はクリードの生まれた町、セルフェンである。

クリードの家はそこで交易商を営んでいて、彼は商売の修行のためにサニディンを訪れ、イネスと出会った。

――という、設定。

イネスは箱入り娘だが、それでもサニディンで力を持つユークレースの一員である。だから、交易商がどういうものなのかそれなりに知っている。彼らは交渉を優位に進めるためにいつでも相手をよく観察しているし、大きな金銭を動かすことに慣れている。

だが、その点クリードは……。

どう見ても金を使い慣れていない。それに、ちょっとした仕草や言葉のアクセントなども、上流階級の真似をしているだけ、というのがわかってしまう。

彼は――クリードは、なんらかの組織に命じられて、イネスを連れ去る役を与えられているのだ。その組織がなんなのかはわからないが、子どもを騙して連れ去ろうとしている以上、犯罪に手を染めている集団であることは間違いない。

目的地はセルフェンだと聞いているが、交易の盛んなその都市の近くにはサーペンティという村があり、夜ごと盗品や人身売買のための闇市が開かれているという噂がある。

クリードの仲間――同格の仲間なのかはさておき――たちは、イネスにそのあたりの知識があるとは思っていないようで、セルフェンに着いたらみんなで近くの村の観光をしようなどと笑顔で言ってきた。

(クリードがいなかったら、全員焼いてやるのに)

話術を駆使し、会話を誘導して探った情報をまとめると、クリードはスラム街の出身で、身内の誰かの薬代を稼ぐためにスラムを牛耳る犯罪組織に身を置いているらしい。

彼は物覚えがいいし、それに見目もいい。上流階級のマナーを覚えて服装を整えれば、それなりに身分が高いのだとうそぶいても十分通用する。

だから、イネスを口説いたのと同じように、過去にもお金持ちの少女やマダムを引っ掛ける役目をしていたようだ。

（それはすごく、おもしろくないけど）

けど、しかたのないことだ。

彼はイネスよりも十歳以上年上で、イネスのことを本気で愛してなどいない。彼がイネスに微笑みかけるのは、彼の大事な誰かの薬代を稼ぐため。

だからイネスにできることは、彼に騙されたふりをし続けること。

彼が無事、報酬を手に入れて誰かのもとへ帰れるように。

たとえそのために、イネスの身に危機が訪れようと。

――一応、イネス自身も可能な限り知恵を絞って、逃げだすつもりではあるけれど。

たぶん、大きな犯罪組織の中の人間は、今まさにイネスの周りにいるような単純で騙しやすい相手ばかりではないだろう。……逃げることなど不可能かもしれない。

「イネス？」

いぶかしがるような響きを帯びた声で呼ばれ、イネスはクリードの顔を見た。

「疲れた？　少し顔色がよくないよ」

「ううん、久しぶりの陸地だから、揺れてないのが変な感じがして」

「はは、俺も船に乗り始めた頃はそうだったな」

クリードが笑いながらイネスの肩を抱いた。その節くれだった手に、イネスはそっと触れた。

（たとえこの先どうなろうとも……あなたも、あなたの大事な人も、きっと私が守るから）


「クリードってあんたか？　手紙が届いてるぜ」

手紙が舞い込んだのは、その港の宿に入ったときのことだった。

おそらく一行がこの港を中継地とすることを知っている誰かが、先回りして送っておいたのだろう。何日か前から保管されていたらしい。

「手紙……？」

クリードには心当たりがなかったようで、受け取るとき一瞬だけ、ひどく不安そうに瞳を揺らした。

国境を越えて手紙を出すには、多少ではあるが、通常よりもお金がかかる。経済状態がいいとは言えない彼の身内や知人が、その割増料金を払ってわざわざ知らせてくるということは、なにか問題が起こったのかもしれない。

内容が気になるが、さすがにのぞき込むわけにもいかない。イネスは、表情を変えずに手紙を読むクリードの、次の言葉を待った。

「……」

「……クリード？」

彼は丁寧に便せんを畳み、封筒に戻した。それから、イネスにニコリと笑いかけた。

「ねえイネス。今夜二人だけで抜け出して、星を見に行こうよ」

「星？　いいけど……」

「近くの丘に有名なデートスポットがあるんだよ。ここに来たら、君に見せたいとずっと思ってたんだ」

クリードの笑顔はいつもどおり。作られた笑顔で。

――彼が封筒に便せんを戻したとき、少しだけのぞいていた彼と同じ色の髪の束を見てしまったせいか、笑っているのに、泣いているように見えた。

＊＊＊

夜の闇があたりを包む頃。

夜空の星を見上げるための高台は灯りが乏しく、だが人の気配がそこここにある。

クリードがデートスポットと言っていただけあって、恋人同士と思わしき二人連れが多かった。

そんな中を、イネスはクリードに手を引かれて歩いていた。

クリードたちからしてみれば、イネスは大事な商品だ。逃がすわけにはいかないから、きっとこの闇の中にも見張りが何人か紛れ込んでいるはずだ。

「イネス」

「なあに？」

高台の頂上には人が一番集まっている。その人々の中をすり抜けて歩きながら、クリードがイネスの耳元で囁く。

「これから走って、あの木の陰から林に飛び込む。声を上げずについてきて」

「……！」

そう言うなり、クリードはイネスの返事を待つことなく、大きく息を吸い込んだ。

「――うわああ！　刺された！　刃物を持ったやつがいるぞ‼」

「刃物⁉」

「えっ⁉」

薄暗い丘の上は一瞬で蜂の巣をつついたような騒ぎになり、人々はめいめいに先を争い逃げ出し始めた。

その中で、くんっと腕を引っ張られてイネスも走り出した。木の陰に入って茂みを突き抜け、少しずつ方向を変えて走り続ける。

「……っ」

声を上げるなと言われている。だから歯を食いしばり必死に足を動かしているが、それもそろそろ限界だった。イネスは箱入り娘で――走るのはあまり得意ではないのだ。

「……きゃっ」

ついにつまずいて倒れ、それでも前に進もうとするクリードに少しだけ引きずられてしまう。

「……！　ごめん……」

息を弾ませたクリードがすぐにイネスの脇にしゃがみ込み、視線を周囲に走らせた。

「もう少し、だけ遠くまで……」

そう言ってクリードがイネスを抱きかかえようとした、そのとき――。

「おいクリード！　どういうつもりだお前‼」

「……クソッ、逃げ切れなかったか」

イネスが舌打ちをしたクリードの肩越しに後ろを見ると、一緒に船に乗ってきた『仲間』の一人がゼイゼイと息を切らしながら、そこに立っていた。

「お前裏切るつもりか？　薬が買えなきゃ弟がどうなるかわかって……」

「死んだよ」

「あ？」

「先生が手紙で知らせてくれた。コールは死んだ。……もう薬はいらない」

淡々とした声でクリードが告げる。『仲間』はチッと舌打ちをして「このタイミングかよ。使えねえガキだな」と吐き捨てるように言った。

（やっぱり……）

あの封筒の中にあったのは――クリードの弟の、遺髪だったのだ。

クリードの、イネスを抱く手に少し力が入る。

「なあ、だからってそのお嬢様連れてってどうするんだよ。娼館にでも売って金にするのか？　組織が許すわけないだろうが」

「……」

「これからずっと追われて生きるつもりか？　なあ賢くなれよ、クリード」

かすかにクリードの手が震えているのを感じながら、イネスはゆっくりと口を開いた。

「クリード、あなたが守りたかったのは、弟だったの？」

まっすぐに見つめるイネスの視線に射抜かれ、クリードの瞳が揺れる。

「……」

「そうだよ、世間知らずのお嬢様。そいつは弟の薬代を稼ぐために、上から命令されてあんたを口説いたんだ。あんたは単なる金づるさ！」

固く口を結んだクリードの代わりに、追っ手の男が笑いながら言う。イネスはクリードを見つめたまま、再び口を開いた。

「他に、守りたいものはないの？」

守りたいもの、という言葉に、クリードは大きく顔を歪めた。まるで泣き出す寸前のように。

「……そう、さ。俺はコールのためになんでもやった。君に興味なんてなかった」

「ははは、かわいそうなお嬢様だな。色男に騙されてはるばるここまでついてきたってのに」

「興味なんてないんだ。だから、もういい」

「あ？」

クリードは抱えていたイネスをおろし、ゆらりと立ち上がった。そして、追っ手の男と向き合う。その手にはナイフが握られていた。

「もう組織の命令を聞く理由がない。だから、関係ない彼女は家族のところに帰す」

「……正義に目覚めたつもりか？」

「正義なんかどこにもない。俺は……もう誰の言うことも聞きたくないだけだ‼」

叩きつけるように叫びながら、クリードはナイフを構えて飛び出した。

しかし、相手は荒事を専門にしている男だ。対するクリードは、顔と言葉を武器に生きてきた。——当然と言うべきか、突き出した切っ先はたやすく躱《かわ》されてしまう。

「ははっ、そんな武器一本でなんとかなると思ってんのか？　俺の他にも追ってきてるやつがいるんだぜ。ほら、うしろに！」

指し示されたのはうしろ——イネスのいる方。

クリードは思わず振り向いてしまった。

そこには——木々と茂みが作る影の他には誰の姿もなかった。

「腹ががら空きだぜ、色男！」

「！」


ドッ、と重いものがぶつかる音がした。


刃物に貫かれる痛みを覚悟していたクリードの胸にぶつかってきたのは、はちみつのように甘く輝く、柔らかな髪を持つ少女だった。

「……イネス⁉」

イネスが、男とクリードの間に飛び込んできたのだ。

ならば、刃物は——。

サッと青ざめたクリードの胸に寄りかかったまま、イネスは敢然《かんぜん》と顔を上げ、大きく息を吸った。

「——木々よ、精霊たちよ！」

鈴のように澄んだ声が夜の闇を切り裂くように響き渡り、静まり返っていた木立が、ざわざわと大きく揺れ始める。

「我が敵を貫け‼」

ギシリときしむ音、バキバキと割れるような音、それらが重なって、クリードには一つの爆発音のように聞こえた。

——それは、一瞬の出来事で。

木々がたてる音が静まり、そのあとに残ったのは無数の枝に刺し貫かれ、ぐったりと地面に縫い止められた男の姿だった。

「精霊、術……？　これが……？」

そうだ、イネスはユークレース一族の娘だった。おとなしく美しい、人形のような姿をしていても、精霊術士の頂点に君臨する一族の――。

「……行こう、クリード。ここから離れないと」

イネスに手を引かれて、クリードはハッと我に返った。追っ手はこの男だけではないのだ。

「……あ、ああ」

＊＊＊

二人はそこからしばらく林の中を歩き、見つけた無人の小さな小屋に入って、少し休むことにした。

小屋の中には農業用具と乾燥した藁が置いてあるだけで、そのほかにはなにもなく、物置小屋として使われているらしい。

イネスのために少しでもなにかできないかと、クリードは小屋中を漁《あさ》って包帯代わりになるようなものがないか探してみたのだが、残念ながらそういったものは見つからなかった。

「っ……」

思わず悪態をつきそうになって、クリードは慌てて口を固く結んだ。そんな言葉をイネスに聞かせたくない。

おしとやかで、美しく、苦労を知らないお嬢様。

クリードが連れ出さなければ、幸せでいられたはずの可哀想なお嬢様。

今、彼女は涼しい顔をして壁にもたれ掛かっている。しかし彼女の白いシャツの脇腹のあたりは、暗い赤色に染まっていた。

「ちょっと派手に血が出たけど、かすっただけだから大丈夫」

そう言って笑っていたが、かすっただけでないのは明白だった。

「……すまないイネス」

「どうしてあやまるの？」

「こんなことになったのは俺のせいだ。俺の命に代えても、必ず君を家族のもとに帰すから」

金が欲しかった。そのためには命令に従うほかなかった。――それでも結局、クリード自身が彼女をこんな死地に突き落としてしまったのだ。

だから、なにがあっても彼女を安全な場所に帰さなければならない。

うつむいたクリードの頭に、ぽこんとなにかがぶつかった。

「？」

ころん、と床に転がったのは小さなタワシだった。床に落ちたそれを拾い顔を上げると、イネスがタワシを投げつけたポーズのまま頬を膨らませていた。

「あなたの命と代えるくらいなら帰らない」

「帰らないって……なんで」

「クリードが一緒じゃないならどこにも行かない」

――大人びた少女だと思っていたが、やはり子どもだ。

きっと、自分がどれほど危険な状況にいるのかわかっていないのだろう。クリードはそんなイネスに言い聞かせるように優しい声を出した。

「君はこんな悪党の俺なんかと住む世界が違うんだ。幸せになるべき人なんだよ」

「あなただって幸せになるべきでしょう?」

「君は家族のところに帰れば安全に暮らすことができるし、これからいくらでも幸せをつかむことができる。でも俺はそうはいかない。今までやってきたことのつけを払わなきゃいけない。……住む世界が違うっていうのはそういうことさ」

自分は犯罪の片棒を担いで生きている薄汚い人間で、イネスは名門一族、ユークレースのお嬢様だ。

クリードが突き放すようにそう言うと、みるみるうちにイネスの眉がつり上がっていく。

「……私の世界にはあなたがいるの。あなたが幸せじゃなかったら私は幸せになんてなれないの」

「いや、だから――」

「いい!?私はユークレースの女なの!ユークレースはただ一人だけを生涯かけて愛し続けるのよ!そんな私を口説いたのだから、あなたは私に愛される覚悟をしなさい!」

今までのおとなしく優しげな姿からは想像できないほどのイネスの勢いに、クリードは目を丸くする。

「か、覚悟……?」

「そうよ。責任とって」

「責任!?」

「ええ、責任よ。私が幸せでいるために、あなたは幸せにならないといけないの」

責任をとれというから、てっきり結婚しろとでも言うのかと思いきや、幸せにならないといけない、とは。

「そんなめちゃくちゃな……」

「めちゃくちゃでも、それが私の幸せだもの。だから帰らない」

これでは堂々巡りだ。どうやったらわかってもらえるのか。

クリードは深くため息をついてから、イライラと髪をかき上げた。

「……俺のそばにいれば、君はさっきみたいな危険にさらされるんだぞ？　一度や二度じゃない、一生だ」

「それならさっきみたいに、私が一生あなたを守ってみせる」

そう言うイネスには、本当にクリードを守る力がある。しかし……クリードは彼女の血濡れたシャツを見た。

クリードを守るために、彼女が命を落としてしまうかもしれない。

それに、そもそも――。

「君はまだ十二の子どもで……」

「俺と君の間に年なんて関係ないって言ったのは、クリードじゃない」

「――っ」

それは、たしかに言った。だがそれは彼女を連れ去るために言った、作り物の口説き文句だ。

「それは別の話だろ！」

「じゃあ、私がクリードを守るのと私の年齢だって、別の話よ」

「……」

なにか言い返そう、と口を開いて――クリードは言葉の代わりにため息を漏らした。

「……君が、そんな性格だとは思わなかったよ」

「……幻滅した？」

そう聞いてきたイネスが少しだけ不安そうな顔をしていて、クリードは苦笑した。

「……まさか。格好よすぎて本気で惚れそうだよ」

「本当⁉」

「ぷっ……ははは」

パッと表情を輝かせたイネスに、クリードは思わず吹き出した。彼女はそれをまじまじと見つめて、口元をほころばせる。

「……クリードがそんなふうに笑うところ、はじめて見た」

「え？　そうかな……」

「うん。そうやって笑う方が、今まで見た笑顔よりもずっと好き……」

そう言って、イネスはふうと息を吐いた。クリードはそんな彼女の顔をのぞき込んで、眉をひそめる。

「イネス……、やっぱりさっきの怪我が深かったんだろ。汗がひどい」

「へいき、ちょっと息切れしただけ」

そう言いながらも、イネスの肩は大きく上下していた。強がっていても傷が痛むのだろう。

「ああ、クソッ……どっか手当てできる場所を探さないと……」

ここには応急処置をするための道具すらない。しかも、どこに追っ手がいるかわからない状態だ。それに先ほどの追っ手をあの場所に放置してきてしまったので、足跡をたどられたら、遠からずここも見つかってしまうだろう。

「心配しないで、クリード。まだ私は精霊術が使える。足止めくらいできるから、その間にあなたは遠くへ」

「バカなことを……！」

と、そのとき。

ガタン、と小屋の扉が音を立てた。外から誰かが開けようとしているのだ。

クリードはとっさにイネスを自分の背に隠し、ゆっくりと開く扉をにらみつけた。

「おや、あんたら、こんなところでなにしてるんだ」

果たして――扉を押し開け、顔を出したのは、一人の老婆だった。

「……あ……えっと……」

「一応ここは私の使ってる小屋なんだが」

気がつけば夜が明け、外は朝日が差していた。今日の農作業を始めるためにやってきたのだろう。

とりあえず追っ手ではなかったことに安堵の息をもらしたが、それでもこの老婆が騒いだり周りに知らせに行ったりするかもしれない。クリードはなるべく申し訳なさそうに見えるように表情を作り、困り切った声を出した。

「すみません、連れが怪我をしてしまって……少し休ませてもらっていました。すぐに出て行きますので」

「出て行くったって、そのお嬢さんは動かせる状態じゃないだろ」

「……」

そのとおりだ。イネスの顔色はもう目で見てわかるほどに悪くなってきていた。さっきの言い合いも彼女には相当負担だったはずだ。

どうしたらいいのか。クリードは歯噛みする。

「なんだい、訳ありか」

老婆はイネスとクリードを交互に見て、ふうむと頬をかいた。

「……いえ、その」

この老婆が組織の連中に知らせてしまえば、二人とも捕まってしまう。クリードは上着の内ポケットに潜ませてあった金をつかんで、老婆の前に突き出した。

「……申し訳ありません、彼女だけでいいので、何日か匿っていただくことはできませんか。多少ですがお金は払います」

金を渡せば、数日は面倒を見てくれるかもしれない。この老人がどこまで信用できるかはわからないが、どうせこのままなら二人とも破滅する道しかないのだ。

ならば、すこしでも可能性のある方に賭けよう。

老婆はその金をちらりと見たが、手を伸ばすことなくクリードの顔を見つめてきた。

「それで？　あんたはどうするんだい」

「俺は……追っ手がこちらへ来ないように誘導します。あなたの村に迷惑はかけません。ですから……」

クリードのその言葉を聞いたイネスが、「いや！」と声を上げた。

「置いていくなんて許さない！　クリードが行くなら私も一緒に行く」

「イネス、頼むから。君はご両親のところに帰るんだ」

すがりつくイネスをたしなめるように撫でて、そしてクリードは彼女の手を引きはがす。

気を張っていてもイネスの腕にはもうほとんど力が入っておらず、簡単に離れてしまう。

「いや。いやよ……」

うわごとのように繰り返すが、呼吸がひどく荒い。すぐにでも休ませなければ危ないかもしれない。

「イネス、落ち着いて――」

「よし、わかった」

イネスをなだめようとするクリードの言葉をさえぎり、老婆がぽんと手を叩いた。

「二人とも、ひとまずうちに来なさい。なんにせよ怪我の具合を見ないといかんだろ」

「え……」

それが本当であれば、ありがたい。しかし。

「おっ……俺たちは危険な連中に追われている身です。だからやつらの気をそらすために――」

自分がおとりになる。そう言おうとしたクリードを、老婆は手で制した。

「心配なさんな。ボケたふりをさせたらこの近隣で私に敵うやつはいないから。追い払うくらい朝飯前よ」

「ほら、兄さん手伝いな。外に荷車があるから、荷台にこれを敷いて中に隠れるといい。多少チクチクするが、それは我慢しなさい」

なんたって本当に半分ボケてるからな、とカラカラ笑いながら、老婆は藁《わら》の束を抱える。

「いや、でも」

なおも食い下がるクリードに、老婆はやれやれと苦笑した。

「車を引くロバの好物はリンゴだから、荷物が重くなる代わりにあとで買ってやっておくれな」

「リ……リンゴ？」

「金を持ってるんだろ？　うちのロバはよく食うから覚悟しときな」

ニヤリと笑う老婆に、クリードとイネスは顔を見合わせた。

「ほらほら、年寄りにばかり運ばせるんじゃないよ。手伝いなって言ったろ？」

「え、あ、は、はい」

老婆にせかされるままクリードが藁を運び、荷台を覆い終わるころには、イネスは体を起こしていることすらできない状態になっていた。慌てて荷台に寝かせ、クリード自身も息を潜めて藁の下に潜った。

荷車を運ぶロバもやはり年老いているようで、ひどくゆったりとした足取りでのろのろと進む。

途中、聞き覚えのある男の声が聞こえたが、老婆がのらりくらりと受け答えをしているうちに、「ああわかった、もういい」とイライラした声を出し、乱暴な足取りで去っていった。

＊＊＊

老婆の家は少し村はずれに位置しており、一人で暮らしているという話から予想していたとおり、こぢんまりとしたたたずまいだった。

一つしかない寝床にイネスを寝かせ、すぐに近所に住む医者を呼んでもらい、診てもらう。

その医者の見立てでは、出血が多いためしばらく安静にする必要はあるが、命に関わるような傷ではない、ということでクリードはひとまず安堵の息を吐いた。

ただ――。

「それほど目立たなくなるだろうが、傷が残るかもしれないな」

その一言で、『責任とって』というイネスの言葉を思い出してしまい、少し頭が痛くなった。

そのクリードの考えを読んだかのようなタイミングで、老婆がクックックッと笑い出した。

「これは、責任をとらなきゃならんなあ」

「は⁉って……き、聞いてたんですか……」

「聞いてたんじゃなく、聞こえたんだ。まあ、いろいろ事情があるんだろうから、深くは聞かないさ」

その言葉のとおり、老婆——名前を聞いたが、『ばあさん』でいいと言われてしまった——はこちらの事情を尋ねてくることはなかった。


この日から、数ヶ月。

クリードとイネスは老婆の家の横にある納屋を片付けてスペースを作り、滞在させてもらうことにした。

組織はよほどイネスに執着しているようで、少女の傷がすっかり癒えるほどの時間が経っても、監視の目が緩むことはなく、身動きがとれないまま日々を過ごすことになった。

そしてユークレースからの迎えがやってくるその日まで、クリードは元気を取り戻したイネスに毎日のように口説かれる日々を過ごしたのだった。

一部始終の、その続き

どうやら、ステラはジュドルからなにかもらったらしい。

まあ十中八九、イヤリングだろう。チラリと見えた小さなそれは二つあったし、それに彼女の性格上、ペンダントのような身につけやすいものならば、ためらいなく身につけるからだ。

なぜなら、それが一番なくさないから。

そういう性格だから、肌身離さず持っていることに特別な——たとえば恋愛感情のような——意味はない。

そうは思っても、やはり面白くない。

この先もう二度と会うことはないかもしれない幼なじみ同士のひとときを、邪魔したくなかったから口を出さなかったし、それ自体、後悔はしていない。

だが、後悔していないからといって、モヤモヤしないわけでもない。

「シルバーお兄様、怖い顔になっていますよ」

「……」

アントレルへの出発前夜、ギリギリまで仕事を押しつけようとしてくる協会の人々から逃げだし、木陰に座ってぼんやりしていたシルバーの顔をのぞき込んで、少女——イネス・ユークレースはふんわりと笑顔を浮かべた。

「そんなに怖い顔をしていると、幸せが逃げてしまいますよ」

もとはと言えば、彼女が駆け落ちなどしなければサニディンに来ることなど――と一瞬思いかけて、あまりにも八つ当たり過ぎる思考に自分でストップをかけた。

シルバーがステラに執着してしまうように、彼女には彼女の理由がある。きっとそれは彼女を連れ去った男にも。

シルバーはため息をついて、肩をすくめる。

「怖い顔してなくても、幸せなんて逃げてくものだよ」

「そんな悲しいこと言わないでください。笑っているほうが、顔をしかめているよりもいいことがありますよ」

そう言われてシルバーの頭の中に真っ先に頭に浮かんだのは、リヒターのうさんくさい笑顔だった。

「いいことねえ……」

「大事な人が笑っていたら、それだけで幸せな気持ちになるでしょう?」

「……」

それはまあ、そうだが。

リヒターを思い浮かべるとげんなりするが、ステラの笑顔だったらずっと見ていたい。いや、笑顔に限らず見ていたいが。

「あ、そうそう、ステラさんがお兄様を探していましたよ」

「え、ステラが?」

はかったかのようなタイミングでステラの名前が出てきて、シルバーは思わず食いついてしまった。

目が合ったイネスが、ニコォッと笑う。

「はい。だからそんな怖い顔してると、逃げられちゃいますよ」

「……」

――彼女はおそらく、リヒターと同じタイプだ。

「……さっきから気になってたんだけど、その瓶、中入ってるの？」

イネスは腕の中に大きな瓶を抱えていた。そこに貼られている瓶のラベルには見覚えがある。……たしか、かなりいい値段のする酒だったはずだ。

そんなものを大切そうに抱えて、彼女が向かおうとしている先は――術士見習いの寮がある方向。

ジトッとにらむシルバーの前で、イネスは瓶を少し振ってみせる。

聞こえたのはかすかな水音。……たぶん、未開封品だ。

「……酔ったら理性のたがが外れないかと思って」

「……あんまり追い詰めると逃げられるよ」

「うふふ。ほどほどにしておきます」

＊＊＊

「あ、シン。どこ行ってたの？」

「肉食獣が狩りに行くのを見送ってきた」

「は？」

「そんなことより、探してるって聞いたんだけど、なにか用事？」

「あ、うん。移動する前にちょっと虫取り手伝ってほしいなあと思って」

魔力集めというと、誰かに聞かれたときに不審に思われるかもしれないため、最近ステラは虫取りや蝶々集めという言葉を使う。

「北の方に行くとだんだん数が減っていくんだってリヒターさんが言ってたから、なるべくこまめに集めておきたくて」

「うん、わかった」

先日の治癒魔術の件で、ステラもアグレルも大量の魔力を消費している。

このまま北へ向かい、もしも魔力が十分に集め切れていなかったら――。

ベッドに横たわるステラをただ見つめるだけの、あの長い長い日々の記憶が脳裏をよぎり、一瞬息が詰まる。

「シン？」

「手伝うから、手をつないでいい？」

「えっ」

ステラはピタリと動きを止め、そして一気に赤くなる。

「この時間なら外部の人間はいないし……ダメ？」

少しだけ首をかしげてみる。ステラはこの仕草に弱いのだ

「う……ダメじゃない……っ」

なにかと葛藤しながら、ステラは自分の服の裾をぎゅっと握ってから、シルバーの前に手を突き出してきた。

「ふふ」

「……なんで笑うの」

「ステラは単純でよかったなって思って」

「はあー？」

またバカにしてる、とステラは顔をしかめて、それでもつないだ手は離さずに歩き始めた。

その彼女の耳元に、なんの飾りもついていないのを確かめて、シルバーは少しだけほっとする。

「ねえステラ、もらったイヤリングつけないの？」

「え？　ああ、だって落とすもん」

あっけらかんと答えたステラの表情には、本当に、『落としたらイヤ』という感情しか浮かんでいない。

「……ステラは本当にステラだよね」

「なんだかよくわかんないけど、少なくとも褒めてないよね、それ⁉」

「褒めてはいないね」

「なにそれ！」

キィッと目をつり上げるステラに、「かわいくてしかたがないって意味だよ」と教える代わりに、シルバーはまたくすくすと笑ったのだった。

あとがき

ステラは精霊術が使えない、二巻です。

前回に引き続きお付き合い下さっている方、本当にありがとうございます!

二巻から読んでいるチャレンジャーなお方、もしおられましたら、この作品を手に取ってくださりありがとうございます。少しでもお気に召しましたら、ぜひ一巻も読んでみてくださると嬉しいです。


今回、ステラは父親を探すためにレグランドを離れました。

新しい舞台はステラの故郷のアントレル……へ行く途中にある、ガラス細工の町サニディンです。

私はいつも、お話の舞台となる町や土地を書くときには現実にある町などを、ものすごくぼんやりとモデルにしています。

ものすごくぼんやりと……なので、そこまで明確な描写はありませんが、今回舞台になっているサニディンは、北の商都・小樽をモデルにしました。

私自身、小樽には以前住んでいたことがあり、とても大好きな町です。

坂の多い細い路地、建ち並ぶガラス細工のお店、そして海に隣接した大きな運河——などを頭の中に思い描きながら書いています。

ですので、小樽運河周辺の景色をうっすらと思い浮かべながら読んで頂けると(筆者の足りない描写が補われて)楽しいと思います。

ここからは書き下ろしのＳＳについて少しだけ。

『その逃避の一部始終』

家出少女の逃避行のお話です。

イネス・ユークレースについてはいつか書きたいなと思っていたので、丁度良い機会だと思い書かせていただきました。

イネスはほわほわとして大人しく、心優しい少女です。そんな少女が家を飛び出した、その心の内は――。

『一部始終の、その続き』

サニディン出発前夜、心中穏やかでいられない少年の、もやもやのお話です。それと、お家に戻ったイネスちゃんのその後もちらっと。


最後に――。

一巻に引き続き、二巻の出版に当たってお世話になった編集の皆様、ありがとうございます。連絡のレスポンス忘れないよう気をつけます！

そして、今回も素敵なイラストを描いてくださったもんチャ先生。本当にありがとうございます。アグレルさんのキャライラスト、すごく好きすぎて頂いたときに変な声が出ました。

三巻は舞台を始まりの地であるアントレルに戻し、ステラの父親探しが始まります。

実はＷｅｂ連載の執筆時、三巻の内容を書き始めた時点でステラの父親がどうなっているのか、決めていませんでした。書きながら、きっとレビンならこうなるだろうな……、と決まった彼の運命をどうか見届けてあげてください。

次回も是非、皆様にお目にかかれることを願って。

二〇二四年九月　柚

著者紹介

柚 (ゆず)

寒い地方に住んでいる動物好きです。小説投稿サイト「小説家になろう」でファンタジーを中心に文字を書いています。趣味はうさぎとハムスターの写真を撮ること。

イラストレーター紹介

もんチャ

デザイン会社退職後、2024年からフリーランスのイラストレーターとして活動。キャラクターデザイン、アニメーション制作など幅広く挑戦中です。動物と水色が好き。

◎本書スタッフ
デザイナー：浅子 いずみ
編集協力：深川岳志
ディレクター：栗原 翔

●著者、イラストレーターへのメッセージについて
柚先生、もんチャ先生への応援メッセージは、「いずみノベルズ」Webサイトの各作品ページよりお送りください。URLはhttps://izuminovels.jp/です。ファンレターは、株式会社インプレス・NextPublishing推進室「いずみノベルズ」係宛にお送りください。

izuminovels.jp

●底本について
本書籍は、『小説家になろう』に掲載したものを底本とし、加筆修正等を行ったものです。『小説家になろう』は、株式会社ヒナプロジェクトの登録商標です。

●本書の内容についてのお問い合わせ先
株式会社インプレス
インプレス NextPublishing　メール窓口
np-info@impress.co.jp
お問い合わせの際は、書名、ISBN、お名前、お電話番号、メールアドレス に加えて、「該当するページ」と「具体的なご質問内容」「お使いの動作環境」を必ずご明記ください。なお、本書の範囲を超えるご質問にはお答えできないのでご了承ください。
電話やFAXでのご質問には対応しておりません。また、封書でのお問い合わせは回答までに日数をいただく場合があります。あらかじめご了承ください。

●落丁・乱丁本はお手数ですが、インプレスカスタマーセンターまでお送りください。送料弊社負担に てお取り替えさせていただきます。但し、古書店で購入されたものについてはお取り替えできません。
■読者の窓口
インプレスカスタマーセンター
〒 101-0051
東京都千代田区神田神保町一丁目 105番地
info@impress.co.jp

いずみノベルズ

ステラは精霊術が使えない②
煌めく硝子と記憶の旅路

2024年9月27日　初版発行Ver.1.0（PDF版）

著　者　　柚
編集人　　山城 敬
企画・編集　合同会社技術の泉出版
発行人　　高橋 隆志
発　行　　インプレス NextPublishing
〒101-0051
東京都千代田区神田神保町一丁目105番地
https://nextpublishing.jp/
販　売　　株式会社インプレス
〒101-0051　東京都千代田区神田神保町一丁目105番地

●本書は著作権法上の保護を受けています。本書の一部あるいは全部について株式会社インプレスから文書による許諾を得ずに、いかなる方法においても無断で複写、複製することは禁じられています。

©2024 YUZU. All rights reserved.
印刷・製本　京葉流通倉庫株式会社
Printed in Japan

ISBN978-4-295-60284-2

NextPublishing®

●インプレス NextPublishingは、株式会社インプレスR&Dが開発したデジタルファースト型の出版モデルを承継し、幅広い出版企画を電子書籍＋オンデマンドによりスピーディで持続可能な形で実現しています。https://nextpublishing.jp/